80sゴースト!

乙木草士《ヲトギソウシ》

鉱脈社

目次

3　80sゴースト！――昭和単車乗残侠伝

5　君にこの青い光は届いただろうか？

イラストレーション　入谷美樹

80sゴースト!

パリで死にたい

――フランシーヌ・ルコントに捧ぐ

セーヌ川の左岸カルチェラタン、僕が生まれた年に革命があった場所。

花の都にはバリケードもアナーキストもトロツキストも似合わない。

かつてドイツ占領下のパリで「Zazou（ザズー）」と呼ばれる若者達がいた。

コンクといわれる油で前髪を立ち上げたヘアスタイルをして、スカーフをネクタイ代わりにした派手なスーツスタイルで戒厳令の街を闊歩していた。

それはファッションと呼ぶにはあまりに苛烈過ぎる、体制に対する命がけのアティテュード（態度）でもあった。

当然、戦時中の物品統制で同国人さえも眉をしかめるその華美なスタイルをナチズムが放置するわけがなかった。

多くの若者が無抵抗なままお気に入りの衣服を破かれ、没収、連行され酷い拷問を受け時には死に至ることさえあった。

それでも彼らはどこからか手に入れた服で着飾って夜な夜な秘密クラブに集まり、シャンソンを聞きながら平然とした顔でお気に入りのスタイルを自慢しあった。

戦争が末期化すると彼らの一部が先鋭化してパルチザンとして地下にもぐり相変わらずファッショニスタのスタイルでベレー帽やスカーフを巻いた姿で銃を持ってナチスと戦った。

しかし、銃を持った時点で彼らはもはやザズー（クール）とは言えなかった。

今も芸術や最先端ファッションの都として華やかなコレクションなどが開かれているパリ。しかし地下では今現在でもアナーキストやテロリストたちが蠢いている闇がある。

命がけで洒落たパリの名もなき傾奇者たちに思いを馳せる時、人間の強さ、芸術の素晴らしさ、そしてクリエイティブの本当の意義を思い出させてくれる。

通勤の満員電車の中、ゴシップ雑誌「五輪エンブレム盗用」の中刷広告が目に入ったが、ヘッドフォンのボリュームを上げシャルル・トレネの「詩人の魂」の歌詞をもう一度ルフラン（フランス語・繰り返す）しながらそう思った。

Longtemps, longtemps, longtemps
長く、長く、長く時が過ぎて
Après que les poètes ont disparu
詩人がいなくなった後も
Leurs chansons courent encore dans les rues
あのシャンソンは、まだ通りに流れている
La foule les chante un peu distraite
民衆は少しも気にしないで歌うんだ

En ignorant le nom de l'auteur

作者の名前なんか関係ないのさ

Sans savoir pour qui battait leur cœur

誰が彼らの心を打つ歌を作ったかも知らないまま

Parfois on change un mot, une phrase

僕達は文句を変えたり、フレーズを変えてみたり

Et quand on est à court d'idées

歌詞を忘れてしまったら

On fait la la la la la la

ラ·ラ·ラ·ラ·ラってね

La la la la la

#1

この得体の知れない
乾いた白い闇の中で

9月の雨の中で

秋雨がしとしとと降っている。
みんなは小走りに去ってゆく。
傘も差さずにレンガ道を歩いた。
冷たいしずくは僕を濡らしている。
雨はどこから来たのか。
そして雨はどこへ行くのか。
この悲しみはどこから来たのか。
そして悲しみはどこへ行くのか。
あの夏、なくしたビーチサンダルはどこへ行ったのか。

ふたりで買った色違いのビーチサンダルは。
顔は逆光に陰っているけど、日焼けた足先とサンダルは目に焼き付いている。
降りしきる雨は、大地を濡らして、太陽は大地から雨を奪ってゆく。
水蒸気になった滴《しずく》は、空へ舞い戻り、雨雲を呼んでまた雨を降らす。
この悲しみの輪廻も続くのだろうか。ふいに、しずくが僕を溶かしてゆく。
僕も大地に沁みこんだら、空へ舞い戻ってやり直せるだろうか。
この悲しみごと大地にしみこめば、悲しみのない空へ昇って行けるのだろうか。
ひとしずくになった悲しみは、頬を伝い、そして雨に溶けていった。
いつしか雨はやんだ。雲から覗いた太陽が、雨を奪ってゆく。
僕のしずくも空に舞い戻り遠いあの夏へ帰って行った。
サンダルと同じ色の雨合羽《レインコート》を着た少女がすれ違いざま、こちらを見ている。
あのビーチサンダルは戻らない。
ずぶ濡れのまま、うつむいて微笑み返した。
降る雨はやさしい。

「すっぱい地球」

すっぱい地球。これは僕がコピーライター見習いをしていた若い頃、梅干しメーカーの広告コンペでボツになったキャッチコピーだ。

美大を中退してはじめて勤めた地方の広告制作会社は、たった一年で上司とケンカして辞めてしまった。その後、運よく広告会社時代に手がけたイベントのつながりで紹介されたＴＶヒーロー物のキャラクターショウを扱う会社に入社することができた。自分を採用してくれた担当者は、何故かライターとしての僕ではなく、「君のイベントでの営業力を非常にかっている」と言っていた。

ハロウィンが今ほどメジャーになる前、街おこしの一環で、刷り物商売を当て込んだ所属している広告会社が主体になったイベントだったが、まだぺーぺーだった僕は企画とかデザインとかの華やかなクリエイションの部分は担当できず、もっぱら足で稼ぐ体力勝負のスポンサー集めが担当だった。

時はバブルがはじけて年号が変わり数年経った、まだまだ夢の余韻が漂っていた時代の話だ。

僕はイベントの実施エリアの繁華街をまわり、刷り上がったポスターと参加店を示すステッカーの代わりに数万円の協賛費をがむしゃらになって集めまくった（参加者は同じマークの入ったバッジを購入すると割引等特典が受けられるというもの）。

今考えれば四百店舗以上成約したのだから大したセールスマンと言えなくもないが、当時スーツ姿も板についていないまだニキビ跡の残る貧相な若者に、よくもまあお金を預けてくれたもんだと改めて思う。オレオレ詐欺が横行するみっともない現代に比べると、随分牧歌的ないい時代だったといえるのかもしれない。

そのせいかどうかは知らないが、イベントは街を盛り上げ、大盛況で幕を閉じた。自分の足で稼いだ副産物として、顔も広くなり繁華街を歩けばどこの店も顔パスで通してもらえるほど、いっぱしの遊び人としての顔も手に入れた。

バブルの余韻の中、流行りの横文字を刻んだ名刺を持ってクリエーター気取りの僕は当時、恥ずかしいくらい有頂天だったと思う。その後イベント会社に入社してから、時間が不規則な上、実際は思っていたより地味な仕事というイメージのギャップを感じ始めていた頃、祝日の書き入れ時にキャラクターショウのメンバー不足で急遽キャストとして出演することになった。

キャラクターショウといっても素人同然の僕は、単体パッケージといって型落ちしたヒーローの衣装を着て、一人で握手会&サイン会をするという営業的には安価な商品の担当だった。

それからというもの若い学生のアルバイトに混じり、ポーズの決め方とか実際は必要のないアクションシーンの立ち回りの練習をボヤキながら現場ぎりぎりまで積んだ。

現場当日、与えられたライトバンに衣装や備品を積んでたった一人で高速道路に乗り、車のすれ違いもままならないほど山奥の祭り会場である神社の境内に向かった。

会場に着くと、神楽の舞台のような手作りの台に色あせた紅白幕が張ってあるだけの質素なステージ、横断幕には「歓迎○○マン」と手書きで書かれており、カラオケセットみたいな貧相な音響を渡されて、これまた貧相な○○村消防団と書いたテントに案内された。

まったくやる気の出ない僕は、実行委員だという青年団の挨拶も適当にいなして、片やビッグイベントの担当になったディレクターの同僚に恨み節をひとりごちつつ黙々と準備をした。

日が暮れて提灯に明かりが灯ると、貧相だったステージも鬱蒼としたシチュエーションと相まって、先ほどとは違ってなんだか幻想的に見えてきた。ステージ前を見ると、イガグリ頭やほっぺたの赤い、現代では絶滅危惧種のような子どもたちが今や遅しと出番を待っている様子だった。

僕は少し緊張してテントに戻ると衣装に着替え、ポーズの再確認や入念にストレッチを始めた。時間になり、村一番の別嬪さんだと紹介された役場勤めの訛りが強いＭＣによる少し緊張した前説のあと、子どもたちと一緒にヒーローの名前を呼んだ。テント脇の音響のプレイボタンを自ら押し、派手な主題歌とともに颯爽とステージへ飛び出し覚えたてのポーズを切った。

そのあとはただ無我夢中で握手をしたりサインをしたり、あっという間に持ち時間が過ぎた。最後の写真撮影から青年団がＳＰのように周りを囲み、要人警備並みのアテンドで控室のテントまで送ってくれた。テントに戻った僕はしょっぱいものを口に感じながら、いつしか面を外すことも忘れしばらく嗚咽をだして肩を震わせていた。

その時、僕は猛烈に感動していたのだ。おそらく都会の子には見向きもされないであろう型落ちのヒーローを、あんなにも純粋な目で応援してくれた子ども達。その瞳を守るためならば、たとえ生身で火にも飛び込めただろう。

僕はその時、偽物ではなく正真正銘のヒーローになっていたのかもしれない。しばらくして青年団の人が差し入れに来た時も面を外せないでいた。

結局、打ち上げの席も断り、待っていてくれた子供たちに名残惜しく見送られて、衣装を着たまま、ライトバンに乗って、風変わりなヒーローは颯爽とその場を後にした。

途中の誰もいない山間のパーキングに車を止め、面を外して、安堵感からかハンドルに顔をふせてまた少しだけ泣いた。車のライトを消し辺りの静寂がさらに深まるのを待って祭の喧噪が耳から離れるまでしばらく心地よい疲労感に体をゆだねた。運転席のフロントガラスからは都会では見ることのできない満天の星空が今日の仕事を祝福してくれているように思えた。

あれから随分時は流れて、行った場所も今では正確に思い出すことはできないが、当時から限界集落だったあの村はまだあるのだろうか。

（あの時の子供たちは、風変わりなヒーローのことを今でも覚えているだろうか）

あれから随分時は流れて、大規模な仕事もたくさんしたけれど、あの感動を超えるものがあっただろうか。

あれから随分時は流れて、かつて籍を置いていた会社も嵐の中で消えてなくなってしまったけれど、あのすべては幻だったのだろうか。


残業で買った梅おにぎりをデスクで頬張りながら、高層ビルの窓から上下が逆転した星空のような夜景を見下ろした。ふとあの星空とシンクロし、自分の体が半透明になるような気がして、その心細さを梅干しの酸っぱさで必死にごまかしていた。

この馬鹿バカしくも、愛すべき、すっぱい地球の片隅で。

キャッチコピー

キャッチコピー、一般的に企業が商品をＰＲする際に短い言葉を用いて端的に示した文章のことをそう言う。

職業柄、文章に関しては何につけても目に入ってくる訳だが、通常、人間が一瞬で判別できる文字数の限界は一説では七文字以内と言われている。

実際、複雑な内容や特性、背景までもその短い文字数で言い表すのは大変骨の折れる作業で、コピーライトで言うとある商品の膨大な情報をすべて書きおこし、まずはコピープラットホームという基礎作りからスタートする。そこからいわゆる、最小公倍数と最大公約数を添削してゆくわけだが、その作業がないと本当に大切な文字というのは見つけられない。

しかも、往々にして出てきた文字というのはごく当たり前でありふれたものになる傾向があって、業界的にフックと呼ばれる見る人の心に少しでも引っかかるような表現を精査された、逆に言えば研磨されて丸くなった文章に付け加えるのは至難の業である。

これはキャッチコピーよりも少し文章の長い俳句や短歌、詩編なども含まれるかもしれないが、どこかの小説で殺し屋はナイフをつかえてこそ一流ということを読んだことがある。長距離ライフルから始まってターゲットに近づけば近づくほど、実は熟練の手腕が必要になってくるといった意味だが、文章に関してはジャンルによって難易度はつけがたいけれども一理あるのかもしれない。

故に僕自身、それによってある時期収入を得ていたことを考えるとプロの範疇に入るのかもしれないが、逆にプロだからこそキャッチコピーによって購買意欲を必要以上に掻き立てられることも過去に幾度もあった。まさにミイラ取りがミイラになるようなものだが、作文の苦労を知っている人間が見て「うまいことというなあ」と思える文章に出合ったとき、その背景を知らない人よりも深掘りしてしまい、この文章を導き出すような人間が取り組んだ商品であれば間違いないだろうと勝手に思ってしまうのである。

まれに本当に子どもが考えたようなものも含まれていて、すべてがそれに当てはまるとは言えないこともままあるが、同類相憐れむではないがどうしてもそれに金を払ってしまいたくなるのが人情というものである。

これが、家などの大きな買い物になるとまさに失敗は許されない訳だが、僕なんかは全く買うつもりのない大きな買い物をこのキャッチコピーに背中を押され買った口である。

家の次に大きい買い物と言えば車であるわけだが、まんまとキャッチコピーの術中にはまった事がある。兄の海外転勤時、一時的に都心から離れた郊外の一戸建てに住んでいた頃、もちろん車も自動的についていたわけだが、妻と休みの日、これまた郊外にあるショッピングセンターへ行ったとき、その運命のコピーに出会った。

ショッピングセンターによくあるイベントスペースで車を展示したイベントに出くわした時、吹き抜けにつってあるバナーへ「駆け抜ける歓び」と書いてあった。

これはドイツのBMWというメーカーが3シリーズというスポーツセダンのお手本のような車の新車発表の際に使ったキャッチコピーというか大々的なコーポレイトアイデンティティに使っていたフレーズだが、まずこれに参ってしまった。

世相は既にエコロジーにシフトしており、日本の各自動車メーカーもどちらかと言えば燃費だとか環境性能といった部分を前面に押し出していた時期と重なっていた。そんな中、時代錯誤ともいえるロマンを端的に語っているのである。もっと言えば車が本来持っている性能（スペック）というものを無視して、このメーカーは人の情感に語りかけているのである。

もともと幼年期にスーパーカーブームの洗礼を受け、バブル期を貧乏学生で過ごした僕は、このBMWというメーカーに関してはトラウマに似た感情を持っていたし、実際仲の良かった親友も八〇年代にこの車に乗っていた。

数十年の時を経て、大げさに言えば運命の出会い、まさに出会ってしまったのである。

僕のこんな感情を妻は知る由もないので、何とか平静を装ってはみたものの既に心は十分に動いていた。後ろ髪をひかれつつも、いつも通り妻とウィンドーショッピングを楽しんでいる途中にトイレと偽って再び一人で展示スペースに戻ってきた。

遠巻きに車を見ていると、ニコニコ顔のセールスマンが近寄ってきて、言わずともわかりますよといった面持ちで無言のままアイコンタクトをしてきた。これはまずいことになったとその場を離れることも考えたが、彼はおもむろにイベントのリーフレットを僕に見せた。僕はまるでカモネギのように固まっていた。

そこには新しいBMWのカッコイイアップとともに、「THE ANSWER」と再び、キャッチコピーが大きく載っていた。

そう、僕の「答え」がここにあった。

実際このキャッチフレーズの波状攻撃には全くなすすべがなく、その場でショールーム試乗の予約までしてしまった。「答え」と書いてある答案用紙を握って、妻への言い訳をいろいろと考えていたが、ひとまず先に洋服などを買わせてから話そうなどと姑息なタクティカルを必死で考えていた。何気なさを装い、妻に試着などを勧めていた時に向こうから、「車かっこいいね」と意外な「答え」が返ってきた。

今考えれば、勘のいい妻のことだからすべてお見通しだった可能性は否めないが、その瞬間、妻の背後に後光が差したように見えたのは言うまでもない。

実際、高価な買い物だし、自分には分不相応とも思ったが、兄の家に家賃なしで住まわせてもらっていたことや会社でも昇級が目前に迫っていたこともあって転勤も予想されていたため、かといって家を買うわけにもいかず、ここらで一発、大きな買い物をやってみるのもいい経験になると当時は自分に言い聞かせていた。

馬鹿みたいな話だが、その寄り目の顔が当時飼っていた愛猫にどことなく似ているのも決め手の一つになったのかもしれない。すべて言い訳にしか聞こえないが、勝手に運命的なものを感じていたのも事実だ。

次の休日、妻を連れだって近所のディーラーに出向いて、憧れていた車に試乗してみた。今まで、兄の車、妻の車も含めてドイツ車には何度も乗ったことがあるが、これも例にもれず日本車とは全く異なり哲学の違いを身をもって感じた。

日本車に比べサスペンションも固めで乗り心地に関しては多少ゴツゴツした感覚がある。語弊はあるが快適なリビング化している日本の車に比べタイヤの位置がちゃんとわかるというか、そのゴツゴツした印象も路面情報をしっかりドライバーに伝えてくれているといった印象を受けた。

エンジンも現代の日本のメーカーの傾向であるハイブリッド化や電動化とは対極にある、多少元気のいい排気音とともに鉄の精密機械がしっかりと仕事をしている安心感があった。同グレードの他車に比べると割高で、スペック的にも劣っているところもあるのだが、売上げに関しては劣ってないというのはエンジン屋と言われている同社の面目躍如であり、エコロジーがヒステリックに叫ばれる昨今、まだまだエコロジーとは対極な乗り味を好むユーザーも一定数いるということだろう。

要するに完全に僕はその魅力にやられて撃沈してしまったわけだが、僕を担当したセールスマンも僕の話にうなずくだけで非常に楽な客だったかもしれない。

ショールームで契約をしている時に新着のCMがモニターに映っていたがそれも秀逸で、何のコメントも入らず、ただワインディングをBMWが疾駆しているのだが、途中カラスが道にクルミを落とす、野生動物が固い獲物を車に踏ませて食事をするというシーンだが、間一髪のところでドライバーがよけてタイヤがクルミのぎりぎりのところを通る、ドライバーがほくそ笑む、そしてカラスが悔しそうに一声鳴く、最後に例の「THE ANSWER」の文字でエンディングを迎えるという、まったく制作者は僕のことを知らないはずなのに確信犯かと思うほどツボに入るダメ押しだった。

これほど的確に自分のキャッチフレーズを作れたらどれだけ生きるのが楽か、考えてもしょうがないことを考えさせられる買い物体験だった。

「泣きたい」ファイル

会社でパソコンの入れ替えがあった。もう何回目だろう。十年以上前は少なくとも三、四年くらいのスパンだったと思うが、ここ五年で三回目の入れ替えだ。

もちろん大口顧客との付き合いの中での営業的意味合いもあるとは思うが、一見、あまり変わらないように見えるパソコンも年々中身はすごいことになっているのだろう。

その都度、自分のパソコンの中身を言わば棚卸しして必要なファイルだけ移し替える訳だが、これが非常に厄介な作業で、数年前に作ったデータなどは対応するアプリケーションがアップデートされており、そのままの状態で表示されないことがままある。最悪、アプリケーション自体が消滅していて画像が表示されなかったり、そこから下手にいじるとデータ自体が壊れてしまったりする。こうなってくるとペーパーレスでデータを保管している意味すらなくなり、結局プリントアウトしていた紙焼きに助けられたという経験があった。

実際、ワープロの時代は、まさに道具として文字通り切ったり貼ったりしてイマジネーションを駆使したアナログ編集をやっていたと思うが、最近では逆に日々開発されているアプリケーションソフトという機能を覚える方が大変で、使い慣れた頃にはアップデートされて逆に使いにくくなっているということがままある。こうなってくるとどっちが道具かわからない状況で、わけのわからないうちにパソコンに人間様が振り回されている状況になっている。

道具とは本来、利便性を高めるために使うものだが、大衆のマスで決められた最大公約数や最小公倍数以外の作業が派生した場合、特にクリエイティブという自由な枠の中ではこれほど使いにくい道具もないと言えなくもない。

それでも現在のデザイナーのほとんどはその機能を駆使してクリエイティブを行っているがアートという領域の中では逆に制約された画面の中での作業は広がりを阻害する恐れもある。

個人的な見解ではあるが、最近取りざたされているバーチャルリアリティという領域についても、あくまでバーチャルであってリアリティとは別物だという気がしてならない。精密に再現されたコンピューターグラフィックについても確かに驚愕に値するものはあるが、僕が思うリアリティとは程遠い感じがする。

例として僕が子供の頃から続くヒーロー物のTV映画があるが、爆破シーンにおいても昔は本当の爆薬を使ってアクションを行っていたが、最近の物を見ていると、同じようなシーンでもほとんどがCG合成の映像に見える。

実際、CGの場合、爆発の規模も街ごと破壊されたり、場合によっては地球の一部が宇宙俯瞰で破壊されたりするのだが、実写であるにもかかわらずアニメーションを見ている感覚とほとんど変わらない。

逆に初期のヒーロー物の同様のシーンを見ると、本当に爆発した時、その瞬間ヒーローが演技を忘れて身構えていることがあったり、見ている方も爆風や熱波、土煙をその場で吸っているような臨場感を感じてしまう。それは現場の予算が限られた中でまさに一発勝負の緊張感に他ならないのかもしれない。

現に爆破シーン一つとっても当時はスーツアクター、カメラマンをはじめ爆薬のプロ等、現代では考えられないほどの人間達が関わって一つのシーンを作り上げている。撮影も、当然フィルムの時代だけに失敗は許されない状況があったのだろう。

聞いた話では七〇年代当時、日本の特撮技術は世界最高レベルで、「スターウォーズ」等を手掛けたジョージルーカスが視察に来た際、それらに感動して同じ手法をハリウッドで試したがどうしてもうまくゆかず、結果的に現在広く使われているコンピューターグラフィックの技術革新に至ったという話があるほどだ。

現在、パソコンに入っている映像技術の幾つかはルーカスフィルムのパテントものが多い。もともとルーカス自身、日本の特撮の職人技に魅せられたことを考えると何とも皮肉な話とも言える。

実際スターウォーズのモチーフも黒沢明『隠し砦の三悪人』がモデルだということはルーカス自身公言しているし『七人の侍』も大ヒットウェスタン映画『荒野の七人』でプロットはそのまま使われている。

話は脱線してしまったが、個人的には現代のデジタルの進化に関してはあまりメリットを感じていないということがわかってきた。逆に言えば、デジタルを使った犯罪など、デメリットの方を多く感じてしまうということだ。

今回の「泣きたい」ファイルというお題は、テクノロジーの進化による弊害という意味で「泣きたい」とつけたのではなく、パソコンの入れ替えに伴う膨大なデータ整理の中で、自分でも忘れていた本当にそういうタイトルのファイルが見つかったからだ。

中身を開いてみると、往年のアニメの画像やいくつかの写真が出てきた。一例を示すと、

・パイロット姿のサンテグジュペリの写真（星の王子様作者）。
・あしたのジョーでライバルだったパンチドランカーになったボタンをはめられないカーロスリベラとジョーの画像。
・銀河鉄道９９９でメーテルと別れた後、車窓から顔を出す悲しげな主人公の鉄郎。
・宇宙戦艦ヤマト、艦載機コスモタイガーでコックピット越しに敬礼しながら散ってゆく山本隊員。
・映画戦国自衛隊で最後は殺しあうことになる千葉真一と夏八木勲の仲が良かった出会いのシーン。
・亡くなったバイク乗りの友人を弔うため、仲間たちと行った峠の写真。等

自分でもなぜそれらをファイルに入れていたかすら忘れていた。多分、パソコンが何台か入れ替わる中で意識していなかったことが幸いして、削除もされずそのまま残っていたのだろう。

その写真の中で今の家内が以前飼っていた愛犬の写真が何葉か出てきた。その犬はビーグルとアイリッシュセッターの雑種で、いわばデカいビーグル犬だったが、全盛期は僕のスケートボードを引っ張って一周二、三キロはある公園を二周するほどのパワーの持ち主で、雌犬だったが筋骨隆々としたマッチョ犬だった。

僕がバイクで彼女の家に行くとかなり遠くから彼女は来訪がわかっていて吠えだしたという。実際僕が家の前にバイクを止めると、リードをつけたまま彼女が走ってきてタンデムシートに飛び乗った。まるで本当の恋人のように。当時付き合っていた結婚前の家内とよくドライブがてら彼女を連れて海へ行っていたが、勢いよく砂浜を走る割には水が苦手らしく、波打ち際でまるで温泉に半身浴しているようにしか海には入ることがなかった。

僕らが上京することで、そのまま実家に住むことになり、それからは離れ離れになってしまった。しばらくして僕らが彼女の実家に帰ると、明らかに痩せこけて調子がおかしい彼女と対面することになった。義母の話では、脳梗塞で半身がマヒしてしまったという。あまりの変わり様に僕らは絶句してしまった。

彼女は相変わらず散歩をねだり、連れ出すと足を引きずり、何故か左回りに回りながら少しずつ進んでゆく。それでも変わらず嬉しそうな彼女を見ると胸が熱くなったことを覚えている。

僕が家内の実家のある地方都市に転勤することになり、それからは週末ごとに彼女に会いに行った。彼女はみるみる衰えて、最期は歩くことさえできなくなっていたけど、久しぶりに驚くほど軽くなった彼女を抱きかかえて川沿いのいつもの散歩コースを家内と三人(匹)で歩いた。それが彼女の最期の散歩になった。

数日後、仕事先に家内から電話があって彼女の死を聞いた。

会社の行き先ボードに外出と書いて、近くの公園で少し泣いた。

彼女の定位置であった縁側から座敷にいる僕たちを、いつも悲しそうな目でずっと見つめていた彼女の姿が頭から離れない。戻れるならば、ずっと傍らに置いてやればよかったと、しばらく後悔しか思い浮かばなかった。

しかし、その日快晴だった青空を見ていると、走ることが好きだった彼女は今頃、あの時の姿で大空を走り回っているんだろうと思ったら少し気が晴れた。

彼女の元気な時の写真は手元にあったが、最期の散歩を納めたデータだけは何故か忘れていたファイルの中にあった。忘れていたというより、僕は忘れたかったのかもしれない。後悔を。

パソコンの本体は入れ替わるけれど、それぞれ中身はその人の個性を映す鏡であり、覚えていなくてはいけないことも忘れてしまいたいことも含めて入っている。その中身は自分の分身であるのかもしれない。まるで輪廻転生のように。

「泣きたい」ファイルは今日、彼女の写真だけ抜き取りあとは消した。そして僕の手元にあるスマートフォンの中にそっとインストールした。

これで、彼女のいい時も悲しい時もすべて僕と共にある。

たとえデータが全てなくなったとしても記憶は決して消えない。

僕がなくなるまで。

キレる

最近、キレる小学生が増えているという。キレる老人もまた……。

僕自身はキレたことがないと思っている。もちろん、大声を張り上げた記憶はあるが。チンピラ学生が顔を突き合わせてやるアレは実際吠えているだけだ。一種の遊び（ゴッコ）の延長である示威行為に過ぎず鉢合わせたネコの喧嘩と一緒で顔を突き合わせながら、掛け合いをして相手の能力を探っている行為に他ならない。できれば無事に終わることを本心では切に祈っている筈だ。（動物である以上実際に命の危険を感じているのであれば誰でも一目散に逃げるだろう）ほとんどの場合、大声を出して威嚇しながら、一方では細心に様子を窺っている。だから、これはキレたという状況にはならないだろう。

では、キレるというのは実際にはどういう状況のことを指すのだろうか。思い当たるシーンもいくつかはある。

僕がイベント会社に勤めていた二十代の頃、遊園地でアメリカンフェスティバルというイベントを企画した。遊園地というファミリー層がターゲットの性質上、アメコミのキャラクターショウや古いアメ車の展示、フリーマーケットなど口当たりの良いアイテムを羅列した企画書を作ったが、実態は広告代理店の友人と画策して、趣味であったかなりハード目の演目もステルスして（潜在させて）いた。

当時、今ほどメジャーではなかったスケートボードやBMX（バイシクルモトクロス）等、ストリート系と言われる不良系アクションスポーツもアメリカンの名の下に組み込んでいた。まだその時は日本国内でも現在ほどプロボーダーやライダーの数は少なく、今ほど景気が低迷していない時代だったこともあり、アメリカ本国に出張して現地で活躍するプロのアクションスポーツ選手を大胆にも直接ブッキング（出演交渉）してきた。

今でこそ何億もスポンサー料を稼ぐアクションスポーツビジネスだが、当時は取り次いでくれるエージェントの存在もなく、実際に選手本人にチケットを手渡しするのが必要かつ確実な取引方法だった。その旅は、今考えれば本場のストリートギャングたちの巣窟に行くような危険極まりないもので、よく生きて帰ってこれたと今でも膝がしらが震えるような気持ちになることがある。（無知というものは冒険に誘う、ネットが発達した情報社会の今では二の足を踏むだろう）

しかし、その旅の収穫も多かった。トップクラスのスケートボーダーやBMXライダーの意識は高く、それはオリンピック選手となんら変わらないストイックさと向上心を持っていた。

常にトリックのことを考え、日々トレーニングに明け暮れ、休息中も野生動物が出てくるケーブル専門番組を食い入るように真剣に見ていた。そこには野生動物と彼らにしかわからない意識の交感があったのかもしれない。

当時からアクションスポーツを扱ったESPNというケーブルTV専門チャンネルがあって、日本でも映像を見たことはあったが、実際のそれはまさに命がけの古代部族の儀式に似て、アメリカンサイズのランページ（ジャンプ台）から飛び出すその姿は神聖で荘厳ですらあった。

前置きが長くなってしまったが、要するに日本ではまだまだ満足な情報すらなかった時代に、いきなり世界レベルの本物（ホンマモン）を地方の子供遊園地に連れてきてしまったのである。

イベント当日、いつものようにファミリー連れがアメコミのキャラクターや懐かしいアメ車に乗って写真撮影をしていたが、どこで聞きつけたか明るい遊園地にそぐわない目つきの悪い若者たちが集まってきた。

実際、告知もアメコミキャラクターがメインビジュアルのポスターやチラシ、ステレオタイプの陽気なアメリカンテイストなもので、アクションスポーツのことは隅っこの扱いにあえて情報操作していた。その予算の大半をつぎ込んだにもかかわらず、プロのアクションスポーツ実演は夜の一回のみ、スポンサーの意図を完全に無視した個人的趣味が先行した、現在では考えられないが実にいい加減な企画だった。

日も暮れて、ファミリー層が帰宅し始めるとさらに若者たちの数も増え、昼間の能天気な雰囲気とは真逆の一触即発、緊張感をはらんだ剣呑とした空気に包まれてきた。そこまではマニュアルで想定していた僕は、セキュリティ用にあつめたイベントスタッフを各所に配置し、万全の態勢で裏のアメリカンフェスティバルがゆっくり幕を開けた。

広場の中央にランページを設営し、その周りを工事用の金網で取り囲んだ。昼間はキャラクターショウで和気あいあいとしていたステージに、ハードコアバンドがサウンドチェックを始める。リハーサルが終わる時間帯になると黒山の人だかりがゲートの周りに出来、等間隔で配置したスタッフが不安そうな顔で音響ブースに陣取った僕の顔をチラチラ見ているのがわかった。

広場が薄明かりに照らされ、静寂の中、英語のMCアテンションが流れる。僕のキューをキッカケに照明が全点灯し、大音量のBGMとともに日本初のイベントがスタートした。それから会場は文字どおり爆《は》ぜた。

前座の日本人ボーダーやライダーがランページをジャンプするたび地鳴りのような声援があがり、大音量のBGMさえかき消した。しばらくするとクライアントである広告代理店の友人がステージ脇に飛んできて、「まずいよ、近所からクレームが出ている！」と僕の耳元で大声で言った。想定外の出来事に僕はなすすべもなく、片手をあげて平静を装いそれに応えながら体中に冷や汗をかいていた。

イベントの後半、今回のメインゲストであるアメリカのＢＭＸチャンピオンがはにかんだような笑みを浮かべて照明イントレの横にスタンバイした。それを見つけたファンたちが詰めかけ、セキュリティが群集を止めようと必死にブロックしていた。それを尻目にチャンピオンが涼しい顔でペダルに足をかけ、ランページに走り出し、ジャンプしてバックフリップ（後方一回転）した。一瞬、会場のすべてが彼以外動きを止めてしまったかのようにフリーズした。

彼が着地すると、ため息とも感嘆とも取れる静寂、一拍間をおくとバックドラフトのように一瞬無音の状況から、再び迫りくる地響きとともにスタート時点の倍の歓声が爆発した。天孫降臨を目撃した古代人のように、またイニシエーションによって無我になった修行者のように群集は歓喜の声を上げ続けた（無理もない…彼らにとっては、いきなり田舎にハリウッドスターが来たようなものだ。いや神か？　彼は後にレジェンドと呼ばれる）。

「もう、無理だ！　オワリ！　オワリ！」と恐怖でゆがんだ顔で叫ぶ担当者の声で我にかえった僕は、再びディレクターの目で会場を見回した。すると金網を乗り越えステージに迫る群集を必死で抑え込もうとするスタッフ、空中を飛ぶ無人の自転車が見えた。もうめちゃくちゃだった。

僕は音響の主電源を落とし、誰かに背中を押されるようにステージに飛び出した。ステージから会場を見るとまるで津波に崩され決壊したような個所が何カ所か見えて、そこから聞き覚えのある声が僕の名前を絶叫していた。群集にもみくちゃにされながら鼻血を出し必死で持ち場を守っているスタッフの姿が見えた。夢中でスタッフの所に駆け寄り、最初に摑みかかってきた少年を咄嗟に肘で押さえつけたのまでは何となく覚えている。

それからの僕がどうやってその場を抑えたのか、またその場がどうやって収まったのかが今思い返しても定かではないが、気が付くとステージに座り込んだ僕の周りに満身創痍のスタッフが集まっていた（本物の戦場を知る由もないが、昔のいくさ人とはこんな感じだったのだろうか）。どうやら、僕を置いてけぼりにしてイベントはエンディングを迎えたようだった。

僕は無理やり気を取り直して音響の電源を上げて、その場に不似合いすぎる（あるいはシュールにハマりすぎた）客出し定番のホタルノヒカリをBGMで流した。先ほどのケンソウが嘘のように、（スタート前の剣呑とは打って変わり）満面の笑顔をした来場者が名残惜しそうに帰路に就こうとしていた。その中の何人かが僕に気づくと駆け寄ってきた。一瞬、身構える僕に「はじめて本物を見ました！　ありがとうございます！」と街では絶対に目を合わせたくないような若者が笑顔で握手を求めてきた。

その後も「次、どこでやるんですか？」等、キャラクターショウを見た後の子どもと変わらない純粋な目の少年たちが集まってきた。

「どうやらこのイベントは大成功だったらしい……」。

落ち着きを取り戻した僕は、あまり痛みを感じない内出血した爪や数カ所の打ち身を気にしながら半ば呆けたように撤収の段取りをこなしながら、実感もわかないままそう思った。

終了のスタッフミーティングで僕はいの一番に頭を下げて心からスタッフにわびた。すると予想外にも第一声が「面白かった！」と普段はまじめな運動部の大学生がティッシュを鼻に詰めた血の跡が生々しく残る顔で笑った。「はじめて、人に殴られて殴り返してやった」とまるで初陣の武勇伝を自慢するかのように身振り手振りで大げさに説明していた。逆にいつもはワルを自称していたスタッフは体を小さくして、申し訳なさそうにその話にうなずいているだけであった。

「そういえば○○くん、あの時どこにいた？」と真面目な学生に突っ込まれ所在がなさそうな姿をほほえましく見ていた時、突然、膝がガクガクと震えだした（戦いの前ならば武者震いと言えるのかもしれないが、その時はただ、ただ子猫のように震えていたと思う）。

周りに悟られないように、やっとの思いで機材車の裏まで来るとその場にへたり込んだ。それからしばらく自分で肩をきつく抱えないと全身の震えが止まらなかった。

管理者である僕の思いつきでスタッフを危険にさらしたという後悔もあったが、頭がまっしろになり、僕は途中途中の記憶がまるっきり思い出せないことに恐怖していた。あるいは集団ヒステリーが起こった瞬間に僕にもヒステリーが伝染していたというのか。完全にディレクター失格だと虚脱感と敗北感でスタッフに合わせる顔がなかった。

気を取り直し、控え室に戻ると記録映像をとっていた先輩ディレクターがビデオカメラの再生を見ながら、「オマエ、戦国時代でも十分やっていけるな！」などと冷やかしとも励ましとも取れる減らず口を叩いて大笑いしていた。

まるでチームスポーツの試合後の雰囲気で、「さすがディレクター！　自分たちも音響ブースから飛んでくる姿を見て、さらに気合が入りました」と僕のことを口々に称賛してくれた。

さっきまで機材車の陰で震えていた僕は、それに冗談でリアクションをとることさえもできなかった。あれだけの騒ぎを起こしておきながら主催者も参加者も誰一人悪気がないのだ。

むしろ共犯者、これを戦争に置き換えると……そのことに僕は戦慄していたのだ。

しかもあの時、僕は確かにキレていたのかもしれない……。

キレているというのは自我からくるアティテュード（姿勢）のことでは決してなく、むしろ真逆で文字通り、記憶がキレて自分がわからなくなりコントロールできない状況をさしていると思う。駅でおじさんがまるっきり安全圏で駅員に怒鳴りつけていることがキレていることではなく、インチキな為政者や宗教家に先導され、自我をなくし暴徒化する一般市民の方がよっぽどキレている状態だといえる。

よって、人がたったひとりで本当にキレるということは、ほとんど不可能に近いのではと思いさえする。それに本当に怖いのはキレていることを自覚していないことだ。

アメリカ初の黒人大統領がヒロシマを訪れることが決まったとニュースで言っていた。あくまで謝罪はしないとスポークスマンが伝えている。関連記事としてはニューヨークでインタビューを受けた一般市民も、不幸な出来事だが戦争を終わらせるには必要なことだったと答えている。

仮に千歩譲って結果論としては一回目の広島はそうだったとしよう。しかし二回目のナガサキは？　やはり必要なことだったと同じように言えるのだろうか。それはキレていたことにしない限りは決して説明のつかないことだといえるのではないだろうか。もし僕が記者だったらミスタープレジデントに二回目のことを是非インタビューしてみたい。

その最悪の答を想像すると僕は再び戦慄してしまう。人の愚かさに。

荷物

僕は基本、手ぶらが好きだ。というよりもできれば外出するときに荷物を持ちたくない。

これは昔からで、学生の時も革の重たい鞄は学校に置きっぱなしになっていたし、体操服など必要なものは洋服屋のビニール袋などに無造作に入れて学校に行っていた。高校の頃、所謂DCブランドブームでブランドのロゴが入った袋を持ち歩くのがカッコイイとされていた時期でもあったが、それでも衣服のポケットで済む話であれば、当たり前のように手ぶらで外出していた。

これは現在でも変わらないが、決定的となったのは、二十代の初め、アメリカへ一人旅に行ったとき、グレイハウンドという長距離バスで各地を回ったときのこと。

目的と言ってもスタージスという町で行われる全米で一番大きなバイクウィークをなんとなく見たいと思っていたのと、ルート66というかつてテレビ映画のタイトルにもなった旧道をできればバイクで走りたい、その程度のミーハーなものだった。だからと言って宿を予約したり段取りなんてほとんどせず、風の吹くまま気の向くままの気楽な旅行だったと思う。

その中で休憩のため、何にもない砂漠の中にポツンとある、ガソリンスタンド兼商店みたいな、一見営業しているのかどうかわからない所にバスが止まった。最初は他の乗客とともに降りて、トイレを借りたり商店でコーヒーを飲んだりしていたが、なかなか出発する気配がない。黒人のバスの運転手に片言であとどれくらい止まっているのか聞いてみると、「シックスティミニッツ」と言い、僕を一瞥して面倒くさそうに欠伸をした。

「60ミニッツ⁉」一時間も止まっているのであれば、しばらくそのあたりを散策してみようと思った。散策すると言っても、周りはこの店と一本の道以外は何もなく、西部劇で丸くなった枯草がよく転がってゆくシーンがあるが、まさに目の前を一メートルはあろうかという枯草の球体が転がっていった。転がって行った方向を見てみると、遠くに潰れて何十年も経ったような食堂らしきものが見えて、その前に一九五〇年代のテールフィンの大きい車らしき残骸が見えた。

その時、僕は日本でも古着屋回りをしていたし、アメリカンビンテージが大好物だったので、引き寄せられるように道路沿いをそちらへ歩いて行った。片道五分くらいの距離に見えたが、実際に歩いてみたらなかなかたどり着かない。後ろで小さくなってゆくバスを気にしながら、それでも目の前に大きくなってくるミッドセンチュリーで凍結されたような建物と車の魅力に負けて、一心不乱に進んだ。

近くに行くと、遠くからは打ち捨てられたような風景にしか見えなかったものが、建物の所々に原色やペイルトーン、ピンクやペパーミントグリーンの剝げかかったペイントやアールデコ様式のサインが顔を見せた。

傍らにある、タイヤが四本ともなく所々パーツがかけている朽ち果てた車は往年のキャデラックで、大きなテールフィンの端に流線型のテールライトがまだ四つとも残っていた。僕は時間も忘れて無我夢中でシャッターを切った。

ふと時計を見ると、既に三十分は経過しており、少し早いかもしれないがそろそろ戻ろうとガソリンスタンドの方を見ると、あるはずのバスの姿がどこにもなかった。全速力で戻ったが、店に着いてどこを見回してもバスの姿はなく、見通しの良い一本道にでて蜃気楼に揺れる山並みの方角を向いても、幻のように忽然とその姿を消していた。

バスにはスーツケースの他、座席にボディーポーチ等そのまま残して、現金のほとんどとトラベラーズチェック、パスポートは厳重に鍵を閉めたスーツケースに入れていたし、手元には数ドルの小銭とカメラの他は体一つという現実があった。呆然とたたずむ僕の前を、何度も枯草の玉が通り過ぎた。実際、道中で地図も見ていなかったし、ここがアメリカ大陸のどこで、目的地まであとどれくらいなのかさっぱりわからなかった。

仕方なしに、商店に戻って店主に身振り手振りで状況を伝えたが、メキシコ人と見える店主はスペイン語みたいな言葉で返答して首をすくめるだけで、全く要領を得ない。「トゥタイム」とか「トゥワイス」という英語だけは聞き取れたが、あと一回バスが来るのか、それとも乗ってきたバスが二回目なのか、そうであれば一晩ここで過ごすのか等、所謂パニックという奴が襲ってきた。

お気づきだろうが、バスの運転手は多分「60ミニッツ」ではなく「16ミニッツ」と言ったんだろうと、腰から砕けるような虚脱感とともに僕はその場に座り込んでしまった。見かねた店主が「OK、OK、ノープロブレム」とやさしく声をかけてデカいカップに入ったコーヒーを勧めてくれた。

僕は「グラシアス、セニョール」と聞きかじったスペイン語でお礼を言って店主が目を丸くして「デ、ナーダ！」と言ってサムズアップした。意味はわからなかったが、多分「どういたしまして」か「いいってことよ」という意味だろうと思って「ムーチャス、ムーチャスグラシアス」といつか西部劇でソンブレロをかぶったメキシコ人が助けてくれたガンマンに向かって言った言葉を口に出してみた。言葉も通じない人とその時少し心が通じた気がした。

僕は店の入り口の一段高くなったウッドデッキの椅子に腰かけ、いつ来るともわからないバスを冷めたコーヒーを舐めながらひたすら待つことしかできなかった。

日が西に少し傾き、そこでようやく西の位置が分かったが、数時間たっても周りで進んだことと言えばそれくらいで、あとは日本人が珍しいのか店主の幼い子供がたまに顔を出して僕を見て、店主の妻から店の裏にある家に連れ戻されることの繰り返しだった。そうこうしていると少し気温が下がり、僕は着ていたジャケットを椅子に体育座りした姿勢で前から体を包むようにかけた。

その時、日本製のメイドインジャパンというタグが見えて、歌の歌詞ではないが本当にホームシックが襲ってきて、顔をジャケットにうずめて少し泣いたと思う。それを見ていたのかわからないが、店主がコーヒーポットを持ってきて冷めたコーヒーを店の前に流し、熱いコーヒーを入れて、自分の時計を指しながら、何か説明してくれているようだった。しかし、込み入った話になると全く分からない僕は、店主が指差す時刻にバスが来るんだろうと思うことにした。

実際、店主が指した時間より一時間半おくれて本当にバスがやってきた。僕はほっとした感情と同時にインディアンみたいに元からここにこうして住んでいたような気持ちになって、バスに駆け寄ろうとも思わず、しばらく椅子に座ったままバスから降りてくる白人の乗客を、よそ者でも見るような視線で眺めていた。店主はスペイン語で僕を指差しながら、バスの運転手に事情を説明してくれているようだったが、スペイン語なんて通じないだろうと思い腰を上げたところ、バスから降りてきて僕を見た運転手はゲームのスーパーマリオみたいな顔で「セニヨール」と僕を手招いた。

随分話が脱線してしまったが、このような経験で僕は、自分が持てないくらいの荷物を持つくらいならば、はじめから持たない方がよいと考えるようになったのかもしれない。

こんな気持ちとは裏腹に、僕はバッグとかポーチの類が大好物で、家には一、二度しか使ったことのないものがゴロゴロしている。言い訳ではないが、できるだけ手ぶら感覚で最低限の物を所持できるバッグを探している間にこうなってしまったのだが、物を持ちたくないという気持ちの裏には、失うときの恐怖心も表裏一体であるのかもしれない。

荷物と言えば、人生は目に見えない荷物をしょって歩いてゆくものだとどこかで聞きかじった文句を思い浮かべてしまうが、こうして文章を書いている行為自体が心の荷物を一旦おいて、言うなれば自分に必要なものとそうでないものを分類しながら、不必要なものであれば一旦吐き出して捨ててしまう行為に他ならないのかもしれない。僕は澱のように心に沈殿してしまった心の荷物をこの文章でどれだけ軽くすることができたのだろうか。

ふるさと

現在は関東に住んでいるが、僕が生まれたのは九州の片田舎で、その故郷も生まれてから高校卒業までの十八年しか住んでいない。

それから地方都市の大学に行くが、その町で職を得たことで結局、生まれた町で過ごした年月をあっさり超えてしまった。その後会社が倒産して、東京に再就職するわけだが、既に東京を拠点とした生活もまもなくそれを追い越そうとしている。

こうなってくると、はたして「僕のふるさと」はどこなんだろうと首をかしげてしまう。東京に出てからも様々な理由でこれまでに通算八回転居していることを考えると、正直、都度部屋を借りていても住所不定者のようなジプシーみたいな心境になってくる。

転勤などで福岡、名古屋等を短いスパンで回っていて、特に全国区のショッピングセンター等どこへ行っても変わり映えしない店舗で買い物をしていると、一体ここはどこなのか本当にわからなくなってしまう。買い物をしている妻も、この後別の地方にある施設に行こうなどと平気で言い出す始末で、僕もそれに当たり前のように同意した後、そういえばその店は名古屋じゃないの？　と二人で顔を見合わせて苦笑いすることが常だった。

それくらい、いろいろな地域に実際暮らしてみると、自分の都合の良い地図が頭の中に出来上がっていて、例えばショッピングセンターの横には博多ラーメンのうまい店があり、その角を曲がると名古屋の味噌煮込みうどんがある、みたいな感じになる。

実際、日本中回った感覚としては、いくら地方の街が均一化していると言われていても、どの街にも特色があり、方言も色濃く残っていて歴史に裏打ちされた人情や景色がある訳だが、いまでも気を抜くと、遠く離れた生まれ故郷のもう無くなってしまったであろう景色等、まるでいいとこ取りのような自分だけの街が頭の中に広がっている。

これは日本国内に限らず、海外でも同じことが言える。若いときに回ったアメリカの片田舎の風景もそうだし、特に思い出深いものとしては、二〇〇一年の同時多発テロの時、僕は今は無きユーゴスラビアにいた。現在のセルビア・モンテネグロのことだが、これはイベント会社時代にテーマパークの長期イベントのダンサーのオーディションのための出張だった。

その時のユーゴは内戦のあとで、泊まっていた一流ホテルでさえ施設の半分は破壊されており、ボーイに聞くとNATOの放ったミサイルが直撃したのだという。そんな中、旧ソビエト時代から続く伝統の国立バレエ団でオーディションを行ったわけだが、正直そのレベルは日本を超えていて、ヨーロッパの小国であるにもかかわらず、素晴らしいダンサーが数多く見受けられた。にもかかわらず日本では考えられないくらいの安いギャランティを提示すると、その一カ月分で一年間優雅に暮らせると言われ、格差を目の当たりにして苦い想いが胸に去来していたのを今も覚えている。

そんな中、滞在中にホテルのロビーに降りると、ボーイたちがロビーにあるテレビを指差し「KAMIKAZE」と日本語を言った。テレビでは、見慣れたツインタワーに旅客機が突っ込み、ビルが崩壊してゆく瞬間だった。僕らスタッフはテレビに目をやり、それをまるで映画を見ているような現実感のなさを感じながら無言で立ち尽くしていた。何度も何度も繰り返される映像をただ、無言で眺めることしかできなかった。

しばらくしてようやく緊急事態を把握した僕らはすぐさま日本大使館に連絡したが、何度かけても不通で途方に暮れていた。なすすべなく、部屋に戻るといつもより長く感じた昼が過ぎ、帳《とばり》とともに本当に長い夜がやってきた。外では、何故かお祭り騒ぎのような喧騒とともに時折、銃声が響き、僕たちはカーテンをきつく閉じ、ベッドを盾にして床の上で眠れぬ夜を過ごした。

朝、目覚めてロビーに行くと、昨日の夜の喧騒が嘘のように静まり返っていた。ボーイがすすめてくれた泥臭いトルココーヒーを飲んでいると、スタッフがひとりまたひとり、寝不足の顔でロビーに集まってきた。クライアント筋のリーダーが僕の前に来て、何度も大使館に連絡を取ったが相変わらず不通のままだったとため息をついた。僕らは地元民のホテル関係者に事情を聞いたが、その段階では日本のテロリストがやった等という怪しげな情報しかなかった。

　僕らは意を決して、直接日本大使館に行くことに決めた。町に出ると、普段どおり屋台などが立ち並び、いつもどおりの賑わいがそこにはあった。日本人だけで歩いていると、突然「KAMIKAZE！」と言って数人の若者が僕らの傍に来て、肩を叩いたり握手を求めたりしてきた。後に新聞の見出し「KAMIKAZE！」を見た人間が勝手に日本人をイメージしたということだったが、彼らはNATOなどの自由主義諸国を憎悪しており、現段階での噂を聞きつけて、一度は大国と互角に戦った日本人を称賛しているのだった。

　その後も街を歩くと、商人の何人かが同じように、サムズアップしたり、さも我々を英雄のような扱いをしてきて、奇妙な気持ちのまま大使館についた。現地人の守衛に英語で説明したが、一向に埒が明かず、僕らは重い足を引きずりながらホテルに戻った。

　僕らは、街中の旅行代理店などのわずかな情報を頼りに、陸路をルーマニアまで行き、そのまま飛行機でドイツのミュンヘンまで行く段取りをつけた。その道中でも銃を抱えた兵士や地元民と何度もすれ違いながら、どうにかミュンヘンまで辿り着くことができたが、ミュンヘンの空港でも銃を抱えたドイツの特殊部隊が空港を取り囲み非常事態であることは同じだった。

　飛行機を降りて、クレジットカードで日本に電話を掛けられたが、僕の前にかけたスタッフが会話中にノイズが入り、途中で切れてしまったとため息をつきながら僕に代わった。本来であれば出張中なので会社にかけるべきだったが、僕は最初に、結婚前だった現在の妻に電話をかけた。電話に出た彼女はのんきな調子で「こっちも大騒ぎだよ」と答えた。それは珍しく生真面目に緊張した声を出している僕に対する彼女の気遣い、優しさだったんだろうと感じた。「必ず、帰るから安心して」と僕が言うと同時にノイズが入り、無情に切れてしまった。急いでかけなおしたがやはり不通だった。

それから僕達は長い時間、すべて欠航していることを告げるボードを眺めてため息をつくとしかできなかった。僕はその時、家族や恋人との今生の別れが頭をよぎったが、一方では本気で飛行機をハイジャックしてでもとにかく日本まで帰ることを頭の中で何度もシミュレーションしていた。とにかく、たとえ罪を犯したとしても、日本の空港にさえたどり着けば、そのあとはどうなってもいいと周りには話さず、ひたすら自分の心に話しかけていた。

それから一部、国内線であれば飛ぶ便もちらほら出だして、僕の考えは杞憂に終わったが、それでもその後フランクフルトから日本への便に乗り込み、日本の空港に着くまではその緊張感は解けなかったと思う。実際、日本に着いてからの能天気な温度差に僕はしばらく虚脱感が抜けなかった。

ようやくたどり着いたフランクフルトでは満月と街灯に輝く石畳やゲーテの生家、そして近くにあるビアホールでのビール、本当に叫びだしたくなるほどの歓喜、ジャガイモ料理の味は格別だった。生きている自分をはじめて称賛してやりたくなる不思議な気持ちは、あれ以来経験したことはない。

フランクフルトで宿を取ったユースホステルのロビーでは、現地の学生たちが今回のテロのこと、これからの世界のことを真剣に語り合っていた。その真剣な姿が今でも心に残っている。イギリスがユーロ離脱を表明し、ヨーロッパ各国が分裂しそうな今、ドイツのあの若者たちの真剣なまなざしを思い出すと現在のヨーロッパの状況は最悪だが、それでも大丈夫だと思える自分も片方にいる。

その後も、時を経てブルガリア等、縁があって旧共産圏と呼ばれる地域を訪れる機会が何度かあったが、一見日本とは縁もゆかりもない風景、ベオグラード、ドナウ川のほとりで見た名も知らぬ草花、ブルガリアの古都プロブディフの石畳、その錆色の忘れ去られたような街の風景、そのすべてが生まれ故郷の神社の森や中学校への坂道、農道の風景と何の違和感もなく重なりながら僕の胸に去来している。

人は死ぬときに今までの人生と「ふるさと」を走馬灯のように思い出すというが、僕はその時どんな風景を見るんだろう。ほぼ半世紀の間、いわば、さすらいながらデラシネのように生きてきた僕だけど、この国のカタチもふるさとも関係なく最後はやはりアナタの顔が浮かんでくるんだろうな。それが、ぼくの「ふるさと」かもしれない。

ブラック企業

最初に聞いた時は闇社会の企業舎弟のことを指すのかなと思ったが、よくよく聞いてみると無茶な長時間労働や企業内の各種ハラスメントの実態がある会社のことを指すらしい。ついに政府も対策に乗り出して、過労死など悪質な労働条件の企業を摘発する動きを見せている。

確かに、この不景気の就職難でようやく職を見つけた労働者の弱みに付け込んで、過剰な労働を強制的にやらせるのは犯罪的と言えるが、すべてのブラックと噂されている企業がそうとは限らない。実際、僕が以前働いていたイベント会社などは、今で言うブラック企業に分類されるのかもしれないが、働いている当事者たちはそれが当たり前と思っていたし、特に不満という不満もなかった。社風にフィットしていたと言われれば、それまでかも知れないが。

事実関係からいえば、朝出社して、一応定時は十八時までと決まっているのだが、繁忙期は当然それでは終わらない。日付が変わる頃にようやく一段落して、そうすると腹も減ってくるし、遊びに行かないことには次の日の仕事の気分も乗らない。仲間たちとそれから街に繰り出して、朝まで飲み明かす、一度家に帰って風呂に入るかそのまま会社に行ってシャワーを浴びてデスクで仮眠する。

　という生活を十年近く続けていた。もちろん、当時僕は結婚していなかったが、周りの同僚は所帯持ちの人間が少なからずいたはずなのに、なぜかそういう連中も一緒に遊んでいた。イベントという遊びの範疇に入る仕事のため、よく仲間内で言っていたのは、「俺たちがいなくてもみんな生活には困らないけど、なければ楽しくない」と、ある意味腹をくくっていて「遊びの人間だからこそ、それに体を張る」ことにアイデンティティを見出していたともいえる。

　故に遊ぶことも僕らにとっては仕事のようなもので、逆に遊びもしないで企画書だけ書いているような奴は「がり勉くん」みたいな扱いでからかわれていた。要するにここでは世間一般でいう社会人はマイノリティで、これ以外の職業を選ぶのであれば、もはやアウトローになるしかない人間ばかりがどういう訳か集まっていた。

　実際、募集をかけてイベント業界に憧れて大学や専門学校で勉強してきたような連中は入っても長続きせず、高校を中退していくところがなくてキャラクターショウの着ぐるみをかぶって、アルバイトから社員になった連中はある意味主《ぬし》のように居座っていた。

　その時期にプライベートという意味は消滅して、僕自身いまだに仕事とプライベートの区別がついていない。

　そんな中でもたまに休みがあるのだが、そのような生活を続けていると休みが手持無沙汰で、しかも友達と同僚がイコールになっているため、休みであるにもかかわらず会社に行くという訳のわからない状態にもなり、社長から逆に電気代とか馬鹿にならないから用事がないなら会社に来ないでくれと頼まれる始末だった。そんな中、暇を持て余して会社に出ると、やはり同じようにデスクに座り漫画を読んでいる同僚が必ずいて、僕がオフィスに入るとうれしそうな顔で近づいてくる。それから、遊びの話だけではなく今抱えている案件のことや恋愛のことを延々としゃべっているうちに人数が増え、ネタがなくなってきた頃合いに夕飯でも食いに行くか、とさらに仲間に電話をかけ次の日の朝まで飲み明かすといった具合だ。

こうなってくると、はたしてブラックなのかそうでないのかは全く分からなくなり、それは個人個人が考えればいいことで、周りがとやかく言うものじゃないという思考になる。

教育問題でも、はたから見て虐待なのか教育なのかは判別しづらいケースが多々あると思う。セクハラでもそうだが、本人がどう思うかでその外面的な現象はあまり関係ないように見えなくもない。

確かに難しい問題ではあるが、要するに本人がどう思うかの一語に尽きると思う。僕がいた会社もいいかげんで一般的に会社とは言い難いところもあったかもしれないけれど、当然中には真面目な奴もいたが、特にそういうヤツでも分け隔てはなかったし、それがそいつの個性だとみんな認めていた。

金を稼ぐ手段としては大変効率が悪く、一時期冗談で同僚と時給換算したら、なんと百円を切っていたこともままあったが、なんとか食えていたし特にそれ以上の欲求も当時はなかった。

会社とは言いながら、いうなれば運命共同体で家族のような組織だったのかもしれないが、最近ではそういったウェットなことを嫌う傾向にあるのかもしれない。

現に会社という利益を追求する集合体として活動はしていたが、それよりもせっかく稼いだ利益を老人ホームや難病の子供たちの施設を回るボランティアにつぎ込んでみたり、実際高校も中退して施設に入っていたような札付きの不良少年を引き取り、キャラクターショウで衣装をつけさせ出演させていた。

全く言うことを聞かないような、敬語もろくすっぽしゃべれない野良犬のような連中が練習を積んで、ショウの初舞台を踏んだ後、控え室テントの中で周りをはばからず感動して号泣している姿を何度か見たことがあった。

実社会でドロップアウトした人間たちですら決して見捨てず、未成年だから、もちろんいろいろな問題は起こすが、我々を含め先輩達が体を張って道を指し示してきた。それにより、学校に行きなおした奴もいれば、大学を受けてみようというヤツもいた。実際にはもちろん美談だけではなく、中には裏社会に身を投じた人間もいるが、それはそれで、たまの休みにはショウに出たいと言って練習に参加する奴らもいた。ショウを見ていた子供たちも怪人の着ぐるみに本物の不良が入っているなんて夢にも思わなかっただろう。

興行の世界では今でこそ、表の業界としてきらびやかなイメージがあるが、本来は古くは数百年前の道々の輩から芸事ははじまり、その泥臭さは僕が業界にいた当時も色濃く残っていた。

こんなこともあった。よくある郊外のショッピングセンターの依頼でイベント縁日を開いていた時、所謂、本職の香具師のおっかない兄さん方が現れ、ここは江戸時代からうちのシマウチだと啖呵を切ってきた。僕自身、はじめてのことだったがそういうことは先輩から話を聞いており、それは大変失礼した、親分さんに改めてご挨拶にお伺いしたいと告げると、剣呑な雰囲気が一変して、何か困ったことがあったら何なりと言ってください。と丁寧に頭を下げてきた。

後日僕はお酒と心付けを持って挨拶しに行ったが、香具師の長老が丁寧に頭を下げ、それからの接待を断るのに難儀したほど、近頃の若い人に比べ礼節というものを心得た方だと歓待してくれた。もちろん、今そんなことをしたら犯罪になるのかもしれないが、彼らからすれば代々数百年もここを守ってきたわけで、ここ数年勝手に挨拶もなく大きな建物を建てた方が失礼だという理屈になる。

勿論、人を怖がらせたり、非合法なことを仕事にしているのは絶対にいけないことだし、それらを決して肯定はできないが、実際にある世界を無視したり、ないことにしてしまうことで本当に平和というものがやってくるのかは、はなはだ疑問に思っている。

ブラック企業というお題から随分話がそれたが、今の基準からいえば本当に真っ黒な会社にいたのかもしれない。だけど利益を追求するあまり人をモノのようになかったことにしてしまうリストラや、株主というなんだかわからないものに支配されて平気で筋を曲げてしまう大企業の方がもっと黒く見えるのはなぜだろう。僕がいた会社も遠くの国で吹いた嵐に巻き込まれて、塵芥のように消し飛んでしまったけれど、あの会社のことを人がブラックというのならば、僕はブラックで生きていこうと思う。

この得体のしれない、乾いた白い闇の中で。

#2

ところで「幸せ」って
なんだっけ？

インディゴトレイン

今より若い頃、僕はターコイズトレインと名づけた電車で通勤していた。

都心を南北に貫く、その青いラインの入った電車に乗り、陽気な海をはねるイルカのように、クライマックスへと駆け抜けていた。

そう、行き先もわからないままで。

いつしかピンボールのようにはじき飛ばされ続けた僕は重い足を引きずり、今はインディゴトレインと名付けられた電車に乗っている。

青地にベージュのラインが入ったその電車は、黄昏ゆく街を横須賀方面へ向かって走る。

武蔵小杉のタワーマンションが林立する新しい街を抜けると、
錆色の鉄橋越しに忘れじのハマが見えてくる。
ガタンゴトン、汚れっちまったヨコシマな僕を乗せて列車は
走る。
ガタンゴトン、プライドを踏み潰しながら列車は走る。
ガタンゴトン、失っちまった昨日たちの悲鳴のように列車が
軋む。
聞きなれた到着を知らせるアナウンス。下車したい衝動と闘
う僕にあきらめのバラッド（発車ベル）が鳴り響く。
インディゴトレインはまるで沈黙の荷馬車のように、僕をベ
ッドタウンへと運んでゆく。
琥珀色のたまを徐々にインディゴが呑み込んでゆく。
そして、今は群青色のインディゴも、いつしかまっくろな闇
につつまれる。

青い影

トンネルを抜けるとそこはアメリカだった。

元町から麦田トンネルを抜ける時、いつも浮かんでくる、聞き覚えのあるフレーズ。

事実、一九八〇年代まで本牧はアメリカ（基地）の街だった。

今ではうらぶれた商店街とわずかに残るバタ臭い残滓、つわ者どもが夢のあと。

僕がそこで暮らし始めたころには、すっかりその面影は影をひそめていたが、日本ではありえない大雑把な区画に、今なお所々に残るネオンサイン、やはり異国の残り香がした。

偶然見つけたアパートメントは天井にフライファンが付き、最上階に住むオーナーは年老いたアメリカ軍関係者の日系二世。休日には根岸に今なお残る米軍施設へランチに誘ってくれた。大味のパンケーキとマッシュポテトを食した後、基地内のショッピングセンターで代わりにドル紙幣で買ってくれた馬鹿でかい柔軟剤の甘いにおいは、紛れもなくアメリカの匂いがした。

夕暮れ、海の方角を見渡すと見えるコンビナートのライトが照らしだす赤い空、甘い潮風の匂いと相まって僕を時間旅行へと運んでくれた。

吸い寄せられるように立ち寄ったカフェにはブルースが流れ、白髪の老婆がブルーの照明に照らされたカウンターでポツネンとひとり店番をしていた。

バドワイザーと名物の四角いピザを注文して在りし日の賑わいがしのばれるフロアを見渡すと、壁にはいくつかのセピア色の写真。目元だけが変わらないポンパドールの髪型をしてはにかんだ少女が兵隊と一緒に映っていた。

僕の前にビールとピザを運んできた老婆が独り言のように言う。

「昔、仲良し三人組の兵隊が店に来ていたけど、ある日を境に二人になった。でも、その理由を聞くことがどうしてもできなかった」と。

老婆は呪詛のようにそう言うと、逆光のブルーに薄く灯るカウンターの端に戻り、彼女には高すぎる椅子に腰かけ背中を向けて頬杖をついた。

深海にひっそり沈んでいる遺跡のような景色、時折まるで彼女の呪詛のようなブルースのうなり声だけが遠くで啜り泣きのように店内に染み渡る。

僕はいつもよりにがいビールを何度か無言で呷ると、次をオーダーするためにカウンターに目を移した。

そのままの背中越しにプロコルハルムの「青い影」の荘厳なオルガンのアリア（イントロ）が流れてきた。その時、僕は誰もいない沈黙のフロアで踊る影を見たような気がした。

チークダンスを踊る青い影を。

僕はオーダーすることも忘れ、そのラストダンスが終わるまで、黙ってそれを見つめ続けることしかできなかった。魅いられた魂のように何もできないままで。

オトコの作法

人間は四十六個の染色体で構成されており、X染色体とY染色体、二種類の組み合わせで性別が決まる。

ご存じのとおり、女はXX、オトコはXY。XXにestをつけると「最上級」の意味になり、外国人からの手紙の〆に付けられるXXは親愛の情を表して、概ねall the best（ごきげんよう）だが「最善」を祈るという意味を持つ。僻みではないがいずれにしても女のXXはオトコのXYよりも良いという印象を受けてしまう。

何も細胞学の講義をしたいわけではない。要するに言いたいのは女に対して子供も産めないオトコという存在は元々半人前ではないかとさえ思ってしまう時がある。

オトコが強さにこだわるのも、プライドにこだわるのも、不完全さからくるコンプレックス（劣等感）に他ならない。

そもそも自分が完璧であれば、そんなコンプレックスは起きないはずだ。

我々オトコは、完璧な染色体を持つ女から見ればバカバカしいことにも平気で危険を冒してみたり、時には命さえ投げ出してしまうのだから全く理解に苦しむだろう。

だからといってバカバカしいことをやめられないのが男がオトコたる所以である。オトコに拘《こだわ》っていると、どうしても様式や作法等型を求めてしまうことも、やはり弱さからくる自信のなさの表れのような気がしてならない。

僕も例にもれず、自分では如何ともしがたい様式や作法に縛られて生きているといっても過言ではない。それらは歳を重ねるごとに滑稽に思えてくるのだが、それでもなかなかやめられないのは、現在でもさほど強くなっていないという証拠なのかもしれない。

実践経験が少ない若い頃は先輩の話や本、映画等で疑似的に作法を学習していくものだが、僕にも教材というべきいくつかの出会いがあった。

池波正太郎の書いた『男の作法』という著書を昔読んだことがあるが、酒場での作法とかファッションに対する拘りとか金のない若者には真似しようにもできない内容だったと思う。しかし、大人になった今、そのいくつかはなるほどと実際に役に立つものも含まれていたが、当時は外面的な作法はもとより内面的なものを求めていたようだ。

特に映画は自分のヒーロー像を投影する善き教材ではあるが、映画ゴッドファーザー等は人間が起こす愛憎劇のすべてと教訓が含まれているといった、ある意味シェイクスピアと同じ観方もできてしまう。

僕がオトコの作法を学んだ映画の中で印象に残るものの一つとして、若きクリント・イーストウッド主演の『マンハッタン無宿』があげられるだろう。一九六八年、僕が生まれた年に巨匠ドン・シーゲル監督がイーストウッドと初めてコンビを組んだ作品で、その後の大ヒット映画『ダーティハリー』シリーズ等につながってゆく金字塔的な映画だ。

僕がその作品を見たのは、もちろん公開からずいぶん経ってからだが、まだ三十代のイーストウッドが見事に刑事役を好演している。その作品では彼の持ち味であるストイックな男というよりは女たらしでどちらかといえばジェームズ・ボンド的なジゴロ役を演じているイーストウッドも珍しいかもしれない。

筋書きとしてはアリゾナで保安官助手をしているクーガン（イーストウッド）というカウボーイのような警官が、大都会NYに護送のために犯人を引き取りに行き、自分の落ち度から取り逃がしてしまった犯人を周りの静止を振り切って追うといった、よく刑事ドラマにありがちなストーリーではあるが、なにしろイーストウッドの立ち振る舞いから態度が秀逸でカッコイイのだ。

ジゴロ役にありがちな浮ついたところもありながら、女性に対する姿勢と犯人に向かう姿勢が同じと思えるほどの生真面目さで全くぶれがない。

しかも、筋を外した人間に対しては女性といえども全く容赦がない代わりに、戦って雌雄を決した犯人に対しては逆に優しさを見せたりする。彼は警官という立場や司法ルールといったことは眼中になく、ただ一途にまっすぐ自分のルールに従っているだけだったがその流儀こそが僕の求めている「オトコの作法」そのものだった。

田舎者丸出しのテンガロンハットにカウボーイブーツというステレオタイプのいでたちなのだが、NYの都会においても、当時流行だったサイケデリックシーンにおいても、まるでイーストウッドだけ、現在でも全く古さを感じさせない不思議な映像に見えた。それは彼だけ時間という概念を超越した、まるでタイムトラベラーのように、逆に言えば合成したフィルムのように浮いて見えるのだ。その理由をいろいろ考えてみたが、もしかすると彼のスタイルはタイムレスではないかと思った。即ち流行だとか時代だとかそういったものは全く関係ない所に彼自身が立っているのではないかと。

現に彼のどの作品を見ても、名前や年恰好、時代などは違うがすべてが一つの物語のように、同じ不器用な男が出てくるといっても過言ではない。日本でいえば高倉健のような微動だにしない独自のスタイルがそこにはあった。

僕が思うオトコの作法とは、自分だけのルールに従うことだとその映画を見て学んだ。また、誰の物でもない自分で作ったルールを守って、結果に関しては言い訳をせずしっかりと責任を持つことこそが、第一にオトコが守るべきものなのでは、と。

禁煙ですらあっさりと挫折してしまうようなオトコがこんなことを言うのも全く説得力には欠けるが、一つだけ実践していることがある。

分岐点で判断に迷った時に「ラク」な方と「キツイ」方があったら「キツイ」方を選ぶということだ。

元来、怠け者で面倒くさがりのため、無意識に「ラク」な方を選んでしまうことはままあるが、本当に岐路に立ってわからないときは意識的にそちらを選ぶようにはしている。大して自慢できるような人生経験があるわけではないが、思い起こせば得てして「ラク」な方を選ぶと、結果、後悔していることが多いような気がしているためだ。

これに似たことで、自分が大事だと思うモノを人に与えるということも実践している。これはもちろんモノに限定されるが、これも不思議と、それ以降に手放した以上のモノが手に入っているような気がしているためだ。

これはかつて読んだ短編で、貧乏な夫婦がお互いのプレゼントを買うために妻は自分の髪を売って夫の懐中時計の鎖を手に入れ、夫は逆に懐中時計を売って、妻の髪飾りを手に入れたという美しい物語に感動したからかもしれない。

ただの思い過ごしかも知れないが、禁煙はできなくてもこのルールは守っていこうと思っている。

『マンハッタン無宿』でイーストウッドがスタントなしでバイクをチェイスするシーンが出てくるが、そのイーストウッドが駆ったバイク、１９６８トライアンフＴＲ６こそ、今の僕の愛車だ。これは、別に探して買ったわけではなく、別の大事なモノを手放した結果、思いもよらず手に入ったモノだ。これまた童話のわらしべ長者みたいなことではあるが、これまでの自分の人生において損して得取れ、急がば回れ的な事象は比較的多かったと思う。

童話で思い出したが、あるいは子供のころ、親父が読み聞かせしてくれた『泣いた赤鬼』に出てくる「青鬼」こそが「オトコの作法」、男の美学の原点だったのかもしれない。

池波正太郎を読んでもいまいちピンとこなかったのは、僕が求めていたものは「作法」ではなく「流儀」だったのかもしれない。

「アオオニ」と名付けたブルーの「トライアンフ」に乗り「交通ルールは守ってくださいね」とスピード違反の「青切符」を青二才（若い警官）に切られて、僕はそんなことを考えていた。

それから妻（ＸＸ）に対するオトコの作法（ＸＹ＝言い訳）もゆっくりと考えてみよう。

結　果──カッケのケッカ、コッケイな話

社会は「結果が全て」と言われている。

成功者だと自称する会社経営者の啓発本等、軒並み「結果」のオンパレードだ。社会システムに属している以上、それは生物界の生存競争の原理が適用される。しかし、人間というあいまいな存在にそれをそのまま当てはめることがはたして正しいのだろうか。

結果とは、英語でいうと、result ; fructification ; effect ; consequence ; outcome …。言うまでもないが物事を行った後のただの現象にすぎない。逆に言えば物事（過程）がなければ無に等しい、単体としてはどうでもよいことのように思える。

よくデータを基にした結果論を勿体ぶったしたり顔で話をする学者を見ることがあるが、それは後出しジャンケンみたいなもので、古今一秒先も正確に言い当てられた人類が存在しないことを考えると何の意味も持たない。そういう人ほど、一〇〇〇万分の一の確率で最低のギャンブルと言われている宝くじを列に並んでまで欠かさず買っていたりするから始末に悪い。

子どもたちの教育に関しても、前時代的な根性論を前提とした教育は影をひそめ、「褒める」

教育が主流になっているといわれている。では、親や教師等大人たちは子どもの何を褒めているのだろうか？

「褒める」ことは一見、子どものことを考えている行為に見えるが、ほとんどの場合、そのプロセスを褒めることは稀で、お受験に見られる合格などのやはり「結果」を求めているのではないだろうか。むしろ前時代的でプロセスを重視した「根性論」を通じて「結果」を褒める方がより正確に「褒める」ということにもなり、仮にインチキをして「結果」を出したところで、それは何の意味すら持たないことを、つまり現代社会に欠けている「道徳心」や「恥」を教育しているとは言えないだろうか。

そもそも、ケッカ、ケッカと騒いでいるが、強い奴と弱い奴が戦えば強い奴が勝つに決まっているじゃないか。それにケッカなんてその人が死んでみるしか、本当の結果なんてわからない。第一、過程（プロセス）以外に、人間の何を語れるというのだろうか。

満員電車の中、ドアが開くと鬼の形相で椅子取りゲームに興じ空席に殺到する大人たちを尻目に、席が空いても決して座ろうとしない涼しい顔をして凛と立っている小学生を見て、「ケッカ」という文字的にも「カッケ」と変わらない「コッケ」いさを眺めながら考えさせられた。我々大人たちは、いつしかカッケのように心に必要なビタミンが足りていないのだろうか。

水曜日のジンクス

人は決まってついてない日がある。

かの有名な十三日の金曜日ではないが、僕の場合は水曜日と相性が良くないらしい。

社会に出て昔ほど意識することは少なくなったが、思い出すだけでも学生時代からトラブルが起きるのは決まって水曜日だった。

駐車場で鳥からフンをかけられたのも水曜日。

アメリカの片田舎でバスに置いてけぼりにされたのも水曜日。

昨日も妻とちょっとした言い争いになったが、それも水曜日。

キリスト教ではユダがキリストを裏切った日であるとされているようだが、それが世界中のジンクスに関係があるのであればまったく人迷惑な話である。

イギリスにはくしゃみが出た曜日によって占いをするジンクスがあると聞いたことがある。

例えば月曜日にくしゃみが出たら何か身に危険が迫るサイン。

火曜は誰かとキスをする、問題の水曜は手紙が届く？　といった感じだ。

木曜は良いことがあり、金曜は悲しい知らせが届く、土曜は恋人との間に何か起こる。ちなみに日曜は何の意味もないらしい。

人は人種に関係なく縁起を担ぐ習性があるようだ。

水曜日に悪いことが起きるからと言って、僕も漫然とジンクスを受け入れていたわけではない。こちらも月に四、五日、年間にすると六十回近くもトラブルに遭っている暇はない。むしろ、いろんなことを試して抗ってみた。靴下をいつもと逆から履いてみるとか、時計を逆につけてみるとかとにかく普段無意識でやっている習慣をことごとく逆にしてみた。

さすがに階段を後ろ向きに上り下りすることだけは危ないので一回でやめたが、なにしろ思いつく分全部だ。当時は面白がって友達も一緒にやってくれたがその努力も空しく、それからもさすがに毎週ではないが思い起こしてみるとやはり決まって水曜日にトラブルの種はやってきていた。

そしてある日、僕は縁起を担ぐのをやめた。

逆に言えば、何をやっても来るのであれば受け入れるほかないと悟ったのかもしれない。安吾も言っていたが剣豪宮本武蔵でさえ、決闘の前、何度か神社仏閣に額づこうとしてやめたという逸話もあるほどだ。

確かに以前ほどはトラブルがきてもさほど驚かなくはなったし、人と違う経験を積んだことで多少のことならば対処できるようになっていたのかもしれない。

時代小説か何かで、臆病な侍がなんとか強くなりたくて剣術もいろいろ試したが自分に才能がないことに気づき、自分のできるたった一つのこととして刀を恐がらないよう、刀の切っ先を鼻先に吊るして毎晩寝ていたという話を読んだことがある。全くばかばかしいことを思いついたもんだが、確かに現物（刀下）に慣れれば、頭ではなく皮膚感覚的に刃物に対するその恐怖心は薄れてゆくだろう。

要するに「覚悟」の問題であると思うが、やはりそのばかばかしい経験がなければその「覚悟」も生まれなかったであろう。地震などの天災でも日頃の心構えが一番大事とされる。

結局、僕もジンクスのおかげで週に一度はとりあえず「覚悟」をすることが、もはや習慣になっているため、その前後でトラブルに見舞われても水曜日のジンクスのオマケだと思うことにしている。

水曜日にくしゃみをした記憶はないが、イギリスのジンクスのように僕を鍛えるためのあれは檄文代わりの「手紙」だったのだろうか。

一本の音楽

音楽は一曲、またはCDアルバム等一枚とかの単位で数えられるものだが、八〇年代はカセットテープの時代で一本という単位があった。確かにそういうタイトルのヒット曲も当時存在していた。

僕は幼年期から青春時代にかけて歌謡曲、ニューミュージック、フォーク、演歌など現在に比べヒット曲のバラエティに富んだ時代を過ごした。もちろん洋楽も、七〇年代から八〇年代に移りゆく中でそれこそ今日聴いたものが明日には古くなるほどのスピード感で、ラジオをつけるたびに新しいものが次々と流れてきていた。

はっきり言ってインターネットが普及した現代の方が音楽のジャンルという意味では昔よりも確実にバリエーションも多いはずだし、科学技術の進化で音もハイレゾサウンドと言われるほど、品質がUPしている。メディアの数が増えているのにもかかわらず音楽業界も衰退し昔のような大ヒットに結びつかないのは皮肉なことだと言えるだろう。

当時はそれこそTVがメディアの王様で、続いてラジオ、エアチェックと聞いても今の人たちは何のことかわからないだろうが、高価なレコードなどを頻繁に買うことなどできない普通の若者たちはラジオで流れる曲をラジカセでカセットテープにダビングして、それを擦り切れるほど聞いていたのだ。

実際、ラジオ局の音楽の傾向を探り、ほとんどヤマカンでRECボタンに手をかけ、いいと思われる曲のタイトルコールやイントロが流れた瞬間狙い撃ちするようなことをやっていた。現代においてはパソコンで検索すればそんなものは一発で出てくるわけだが、まるでハンターのように狙い撃ちした曲を学校で自慢げに友達に聞かせることに、たまらない優越感を感じていたのも事実だ。

カセットテープ自体も高価で六〇分や一二〇分テープと呼ばれるものを少ないこづかいでやりくりして買い求め、それこそ一本のテープを何度も上書きして使っているものだから音なんてものは劣化の一途をたどり、最悪使いすぎてテープがキレてしまう。それでもキレた所を斜めにカットしてセロハンテープでつなぎ合わせてまで使っていた。

僕も現在に至るまでの音楽の趣味を形成する母体はその擦り切れたテープで聞いた初期衝動がもとになっていることが多い。

僕が思春期に上がるタイミングというのが、七〇年代主流だったしみったれた（失礼）フォークソングからニューミュージックというものが台頭してきて、すぐジャパニーズロックという新しいジャンルが出始めた頃だった。日本の高度成長もピークに向かって直走《ひたはし》ってた時代、社会では公害や受験戦争の陰で落ちこぼれという問題も出てきて、豊かな時代に落ちこぼれた若者たちの心をロックがガッちりとロックオンした時代ともいえた。

僕も所謂、校内暴力が問題視されていた時代に中学に上がり、今では考えられないような状況がそこにはあった。ある時期は職員室の外側の窓ガラスが割られ、何度ガラスを入れてもまた割られるので、しまいには板や段ボールを貼っていたり、学生たちはマジメかそうでないかの二極化した選択肢を迫られている時代でもあった。

今考えればかなり異常な状況だったかもしれないが、当事者たちにはそれが普通の状況でもあり、実際に僕が通っていた小学校から分かれた新しい中学校なんかは事件の取材でTVでおなじみのレポーターが二回も訪れていた。ひとつ下の後輩が事件を起こしたわけだが、暇を持て余している僕らは野次馬根性丸出しで、うわさを聞きつけてどうにかテレビに映ってやろうと授業をさぼって駆けつけたりしていた。実際テレビでは3年B組○○先生みたいな校内暴力をテーマにしたドラマをやっていたり、暴走族のような格好をしたつっぱりと呼ばれるアイドルたちがブラウン管を賑わせていた。

例にもれず、思春期の僕らもそういったつっぱりのマネをしたいのだが、実際それをするにはかなりの勇気と実力が必要で、変わった格好をしていると、先生だけではなく近所にもおっかない兄ちゃんやおじさんたちがいてすぐに見つかり説教され、最悪ぶん殴られたり、没収されたりする時代でもあった。

それは大人たちの知らない少年達特有の不文律という目に見えない掟があって、否が応にもすべての少年少女がそれに従っていた。また、今のように不登校みたいな問題もあるにはあったが、それがニートに直結しているような現在の状況とは異なりどちらかといえば家の都合で学校に行きたくても行けなかったり、逆に悪すぎて教師から「オマエは学校に来るな」と言われた不良が多かったような気がする。

音楽の話題から話がそれてしまったが、そんな背景の中、本当に情報が少ない当時、新しい話題というのはそれだけでものすごく価値があった。

TVで流れていたつっぱり系の歌謡曲の元歌が実は、その頃出始めたイギリスのパンクロックの曲に似たようなものがあり、さらに掘り下げると一九五〇年代のロカビリーソングが原型であったり、そしてそのロカビリーも、その前のカントリー&ウェスタン、ヒルビリーと呼ばれる曲の曲調を速めたもので、さらにその元祖は黒人の宗教音楽ゴスペルだったりブルースだったりという感じだ。そういったものを見つけると、尊敬を集めたい一心ですぐに友達に披露した。そうなると、テープを貸した友達の兄ちゃんが出てきて、更なる情報を僕らに教えてくれたり、場合によっては当時町にあったレンタルレコード店に連れて行かれ、店のおじさんが嬉しそうに出してくる秘蔵のレコードを時間も忘れて聴いていたりしていた。

その中でマニアック志向になりバンドを組んで活動をし出す友達も出てきたが、僕は至ってミーハーだったので、そのようなマニアックなものと並列で他の洋楽もアイドルの歌謡曲も幅広く好んで聴いていた。

ある時「プンクとかレガエって知ってるか」と先輩に聞かれて、それはパンクロック（Punk Rock）とレゲエ（REGGAE）のことだというのはずいぶん後になってわかった訳だが、その先輩も服に安全ピンをちりばめたり、それどころか安全ピンを耳にピアス代わりにつけていたりしたわけだが、頭はパンチパーマというなんだかわからないスタイルをしていた。

そのくらい当時は新しいものの情報が少なく、その先輩が大切に持っていた雑誌の切り抜きのパンクスの写真を見ると確かにスキンヘッドで同じような格好に見えたが、今考えればあれはモヒカンで画像の荒いモノクロ写真を正面から見ると立てた髪が、確かに線にしか見えなかったのも事実だ。それでもパンチパーマでパンクスの恰好をしていると今考えても本物を超えている凶暴さは感じる。

その先輩が僕たちを集めて、ラジカセにカセットを入れスイッチを押すと今まで聞いたことのない荒削りで激しい曲のイントロが流れた。正直僕はそのダビングを繰り返して、ブヨブヨと淀んで聞こえたがいまだにあれを超えるロックを聞いたことがない。所謂僕のロック初期衝動だった。時を経て再結成したそのバンドのライブに行ったことがあったがそれは憧れていた分、僕を失望させるには十分な体たらくだったと個人的には思っている。これは決して彼らのせいではなく、それほどその時代、その刹那においてのインパクトとは人間に楔を打ち込む力があり、場合によってはそれが基準になると人は永遠に縛られてしまう可能性がある。僕なんかはその犠牲になった大ばか者の最たるものだが、逆にそれがあるから生きていけると言っても過言ではない。

最近、レコードが見直され始めているというニュースを見た。それはアナログとよばれる音の持つ温かみや深みが、デジタルに支配された時代の癒しに感じるのかもしれない。または無味乾燥でデータに裏打ちされたデジタルサウンドに対するアンチテーゼの意味もあるのかもしれない。

データ上、数字上では最新のハイレゾサウンドには及ぶべくもないが、スペックを超えたモノを感じることができる人間達が一定数いるんだろうと思う。僕もそれには大いに賛同できるが、ただの一過性で回顧主義的なもので終わらないことを期待している。

聞いた話によれば、現在レコードの溝をデジタル信号で読み取り、アナログよりアナログらしい音を出すプレーヤーが出てきたということであるが、科学技術もこのような人間の心情や感受性をテーマにして開発するというのが本来正しいやり方なのではないかと心から思う。人を置き去りにしてゆく進化のその先には「破滅」しか待ち受けていないのではないかと、人工知能AI技術でロボットが取りざたされているニュースを見ながら背筋にうすら寒いものを感じた。

僕はこの先デジタルがどのように進化しようが、思い出の襞《ひだ》の中にだけ存在しているあの一本の音楽を持って歩いてゆこうと思う。

（一本の音楽　村田 和人　二〇一六年二月二十二日永眠。外国で一人ぼっちの時も貴方のおかげでさびしくなかったよ、ありがとう。）

わが友へ

わが友、ノブへ。ガキの頃遊んでいた時、夕日がきれいだと言った僕に「そんなこと言われたのはじめてだ。本当だ、綺麗だね」と答えたオマエ。ある日、オマエが住んでいた地区の子どもと遊んだらいけないと大人に言われた。その時は意味が分からなかったが、子だくさんで片親だったオマエにはそんなこと言ってくれる奴がまわりにいなかったんだな。

オマエは今でも綺麗な夕日を見ているかい？

わが友、野良猫のちゃーへ。僕が帰ってくるといつも出迎えてくれたオマエ。遊びから帰る時、日が暮れても決まって一番最後だった。でもオマエがいてくれたおかげでさびしくなかったぜ。

ある日帰ったら、マンホールのふたの上で動かなくなってた。一生懸命、一晩温めたけどオマエは帰ってこなかったな。僕が寄り道なんかしなけりゃ、もう一度オマエに会えてたかもな。

もう一度、会いたいよ、ちゃー。

わが友、ハーロックへ。オマエは、負けるとわかっていても戦わなければいけない時があることを教えてくれた。そして誰のためでもない、自分の中にあるもののためにだけ戦うことも。会社の昼休み、いつも高層ビルの窓越しにオマエを待っているんだぜ。いつか空に海賊旗がたなびいて、その傍らに隻眼の男がニカッと笑っている光景を。その時は「友よ俺の船に乗れ」と言ってくれないか。

わが友、安吾へ。オマエがいたおかげで、嫌いだった太宰のことも少しわかるような気がした。戦後の混乱期、オマエが見ていた景色は全く以って正しかったな。
ただ、本当のことを言い過ぎて、敵も多かったな。そんな無茶苦茶なところが大好きだよ。オマエは太宰の自殺を二日酔いって言ってたっけ。友を亡くしてさびしかったんだろ。オマエ自身も十分酔っ払いのマイコメジアンに見えたぜ。
オマエもオダサクもみんな無茶苦茶で逝ってしまったけど、オマエが残したカスリ傷、この胸に刻んで生きる。

わが友、ミシマ。オマエは全部見えてたんだな。こうなるってわかってたんだろ？　昔、東大で全共闘と討論をしたオマエを見ていたら、議論はかみ合わなかったけど誰よりもリベラルでそして正しかった。そしてオマエは右でも左でもない。なのに、なんであんな道化の真似事をしたんだ。オマエの美しい宝石のような文章を以てしても周りを説得できなかったのか？　オマエの最期の檄が本当に届くとでも思っていたのか？　実際そんなことどうでもよかったんだろ、オマエはただオマエという詩を作りたかっただけだ。オマエが生きていたら今の世の中がどんなにかマシな世界だったろう。ミシマ、僕はお前の死は認めない。

わが友、ぴーくんへ。十六歳まで生きたオマエ。高齢のオマエを日本中連れまわして本当に悪かったな。猫としては大往生だったかもしれないけど、僕はオマエに何をしてやれただろうか。たくさんたくさんもらった素晴らしいものを、少しでも返すことができただろうか。オマエと最期に過ごした日々は苛烈だった。朝、出勤する時にいつもこれで最後になるかもしれないと思っていたよ。帰りも全速力で走って、でも家の近くにくるとそこで足が止まるんだ。部屋の窓を見上げて、覚悟を決めないと部屋に戻れなかった。

オマエが若い時僕が帰るといつも玄関にいたな。ずっと待ってましたよと言わんばかりの顔をして。でもそのあとベッドでオマエのぬくもりを確認して、直前まで寝ていたことはわかってたさ。今は帰ってもオマエは出迎えてくれないけど、オマエが生きてるだけで玄関マットにぬくもりを感じていたよ。最期は酸素室に入って苦しそうにしているオマエを、ただなすすべなく見つめていた。

最期にオマエが死ぬ気でひねり出した糞は、干からびて今は匂いもしなくなったけど、ずっと持っているよ。バカだろ。

わが友、妻よ。結婚を決めた本当の理由を教えるよ。僕は今まで何度も殴られたけど、女から殴られたのは妻よ、オマエがはじめてだった。理由は思い出せないけど、僕がアパートに帰ると一度別れたはずのオマエがそこにいたな。

いいかげんだった僕が適当にいなすと、オマエからグーパンチが飛んできた。痛かったぜ、本当に。今まで喰らったどのグーパンチより効いたよ。

正直、小刻みに震えながら刺し違える覚悟で殺気を放っていたオマエには、無条件降伏する他に道はなかった。親友とも何度かケンカをしたけれど、死ぬ気で来たのはオマエがはじめてだったと思う。感謝してるよわが友、愛する妻よ。

友よ、いつまでも僕のそばにいてくれ。僕の凍える魂に寄り添ってくれ。わが友よ。

法則

経営コンサルタントがよく持ち出す法則として「2：6：2の法則」というものがある。これは、社員百人の企業でたとえば二十名が優秀で六十名が普通、残りの二十名がダメ社員というもので、仮にダメ社員が全員辞めて新たに二十名入社したとしても結局、新たにダメ社員担当が二十名現れるというものだ。

この他にも「パレートの法則」というものがあって、これは数字に当てはめると「8：2」例えば売り上げの八割は二割の優良顧客で占められているだとか、仕事の成果は費やした二割で遂げられているとか、国の所得税の八割は課税対象者二割で賄われているといった感じだ。現在所得税に関して言えば、既に二極化が取りざたされている昨今、所謂一パーセントの金持ちが賄っているのかもしれない。（脱税していなければの話だが…）

これには、ああなるほどと思うところもあるが、僕の大嫌いな結果論にこじつけて作った感じも否めない。なるほどという部分では、大手広告代理店に出向していた時期があり、その際まさに巨額な売り上げを二割程度のエース級の人間があげているのではないかという現場を目の当たりにしたことがある。

元々、広告代理店の代名詞のようなその会社には、さぞかし優秀な社員しかいないんだろうと思っていたが、一部のイベントの仕切りなどを見る限り、前職のイベント会社時代の一、二年生のＡＤの方がよほど仕事ができるのではないかと思うことが度々あった。逆に、その目をみはるばかりの仕事ぶりに、さすが一流と言われることはあると溜飲が下がる思いも同じ程あった。

一流企業に集まる人材というのは、もともと優秀な人間がさらにふるいにかけられて残っているわけだから、本来ダメな人間はいるはずもない。しかし超一流と呼ばれる企業でもこのような状況になるというのは、全く人間という生き物の不可思議さを感じずにはいられない。我々人間以外に働きアリでも同様の研究結果が出ていると聞いたことがあるので、やはりあながち間違いではないのだろう。

広告代理店と言えば、所謂業界チックで派手なイメージがあると思うが、僕が所属していたプロジェクトの担当営業は、まるで国家公務員のような地味目のスーツを着て、髪の毛もしっかり七三で整え、誰よりも早くオフィスにいて、誰よりも遅くまで残っていた。我々スタッフにも笑顔を絶やさず、語り口も丁寧で、なにより「お得意」と呼んでいる顧客から呼ばれたら、仕事や会議を中断してでも駆けつけるといった具合だ。正直、これには頭が下がった。

もっていた偏見などは吹き飛び、これだけの動きをしていれば巨額な売り上げもむしろ納得できる正当な報酬だと思えるようになった。

しかも彼は、他の大手企業創業者一族の言わばサラブレッドで、そんなことはおくびにも出さず、飲み会の席においても、我々が興味本位でそういった話をふると「つまんない話ですよ」と笑ってはぐらかすのが常だった。

こうなってくると存在自体がイヤミの何物でもないが、そんなことは誰に対しても全く感じさせないところが彼の凄みだった。

過去、自分のまわりにもちょっとしたことで妬んだり、中傷したりする輩がいることはいたが、このレベルになると正直、どんなことを言っても負け犬の遠吠えにしか聞こえないほどの毛並の良さだった。

よく日本企業はダメだとか、日本の防衛は心もとないとかいうが、彼みたいな人間が集まって、本気で国防を考えてオペレーションしたら、そんなことには絶対にならないと思える半面、やはりそんな人間でも畑違いの政治や会社経営などの役割を担った瞬間、やはり法則に支配されてしまうのだろうか。かつての二・二六事件等、政治クーデターのことを思うと、そういうことはやはりうまくいかないんだろうと、残念やら安心するやら微妙な心持になってしまう。

むしろ、こういった法則を無視して、何かに偏ったりすることが一番問題であって、やっぱり一番大切なことは自然な法則を許容する社会が肝要ではないかとしみじみ思ってしまった。今の僕が法則のどこに当てはまっているのかは、皆目見当もつかないが、その時々で、時には優劣二割、そして時には六割においての役割を無理せず自然の法則にそってやるしかないと考えている。

現在一パーセントの富裕層が世界を牛耳っていると言われているが、一流企業も政治家もヤクザもテロリストも2：6：2、むしろすべての世界で優劣二割の人間たちで話し合えば、おおかた世界の問題という問題は片付くのかもしれない。

まずは家庭内における、何の法則にも当てはまらない、妻の一党独裁政権を何とかレジスタンスできないかが目下一番の問題ではあるが、それが一番難しいのかもしれない。

スタイル

服装で人を判断してはいけないと言われているが、良い意味で考えると、例えば「ボロは着てても心は錦」というと所謂清貧のこととなるが、悪い意味でとらえると、詐欺師が一流企業のサラリーマンのような恰好をして獲物に安心感を与えてガードを下げさせ、仕事をし易くさせるという意味もある。

誰もが貧しくて、食うのが精いっぱいで服装にまで気が回らない昔ならば良い意味の理屈は成り立つが、現代においてはほとんどが悪い意味のような気がしてならない。それでも日本人は、当たり前のように良い意味にとらえうっかり騙されてしまうから、外国人に比べるとお人良しな国民性かもしれない。

このようなことは儒教における孟子と荀子の「性善説」と「性悪説」に由来するものだと言われているが、概ね保守的な考え方は「性悪説」がベースでイギリス等西洋圏においては国防の考え方のベースになっていることが多く、彼らからすれば「性善説」等は理想主義者のユートピア思想に過ぎないだろう。国是的に日本も歴史的には十分に保守だと言えるのに、性善説が国民津々浦々まで浸透しているのは、他国から見れば驚愕に値することなのかもしれない。

日本人の心の在り様はイデオロギーとか宗教といった学問では説明がつかない、どちらかと言えば神話の世界であるにもかかわらず、いまだそれを包括して説明しうるものがないまま先進国と言われるまでになったことが、そもそも間違いであったと言えるのかもしれない。

随分、話が飛んでしまったが、そのように学問でも説明できない我々日本人の在り様はただ「スタイル」と軽くてざっくりした表現でしか、今のところ説明できないのかもしれない。

狭義で「スタイル」に対する言葉として「ファッション」という言葉があるが、これも保守的でありながら新しいものには目がなく移ろい易い国民性を持つ日本人にとって、一概にカテゴライズし辛く、この両者へ当てはめるのが困難なことだといえる。

自分に置き換えても、若い頃周りがファッションで騒ぎ出す年代になると、普通を嫌う天邪鬼達はことさらファッション性を否定したものを好むようになる。トラッドファッションもそうだし、古着のようなタイムレスなアイテムもそうだろう。

ビート詩人だったジャック・ケルアックやアレン・ギンズバーグらも、ことさら無関心を装い、ロゴも何も入っていない霜降りのスウェットシャツにコットンパンツといった姿でセピア色の写真に納まっているのを見たことがある。その写真に写る周りの華美な人たちは今となっては古臭くみえるのに、ケルアック達はそう見えない。むしろ今の若者となんら変わらなく見える。彼の書いた文章も今読んでもなんら古さを感じないのは彼自身がタイムレスだったと言えるのかもしれない。

若い頃、それをマネしようとしたことがあるが、ケルアックが着る何の変哲もないさりげない着こなしがどれだけ難しいか身をもって知ることになる。彼の大きくも小さくもない所謂ジャストのサイズ感はいくらモノを吟味したとしてもそうそう出せるものではないし、踝《くるぶし》あたりの短めなズボン丈等は、特に絶妙な長さで一度の裾上げで出せるものではないことに気付く。

そのうちにさり気なく着こなすというのは、簡単なようで実は最も難易度が高いことがわかるようになり、むしろ衣服ではなく肩に筋肉をつけたり、あの物憂げな笑顔の秘密を本や学問に求めるようになる。それができて初めて、彼が持ち合わせている圧倒的なリアリティに到達するという訳だ。

僕自身、移り気でいろいろなファッションを試してきた方だが、新しく吊るしで買った洋服よりも何十年と捨てられなかったよれよれの洋服を着ている方が鏡に映る自分の姿にリアリティを感じる。好きで着ている古着のレザージャケットもヤレてなじんではいるが、他人が刻んだ傷などを纏《まと》ったところで、所詮それはコスプレみたいなもので、これもやはり若い頃なけなしの金で買った型遅れのレザージャケットを着た時の方がリアリティを感じてしまう。

しかし、幾ら自分のモノであってもライダースジャケットは本来バイクに乗るための体を保護する衣服であるために、傍らにバイクがないとこれもリアリティを感じないコスプレのようなものだ。実際、歳を重ねて普段の足が電車や車になってくると、到底袖を通す気にならない。たまにクローゼットから取り出してみてオイルを入れる時に袖を通しても、自信なさげに苦笑いしている中年が鏡に映るだけだ。中年になった今でも独自の「スタイル」を身につけられたかどうか、はなはだ疑問に思っているが、仕事帰りに妻と外食した際に、一日仕事して少しヨレたスーツ姿を褒められたりすると、なるほどリアリティとはこういうことかと妙に納得することもある。

我々、日本人もいくら着物を着ているからといって、それでスタイルが完成しているかというとそうではなく、外国人であっても日本文化や文学「もののあはれ」等教養を熟知した人間が着るキモノには到底及ばないだろう。似た意味でいえばボロを着てても心は錦というのは十分成り立つわけで、いくら悪党が七三分けでビジネススーツを着ていても、見る人が見ればそれは悪党がめくれていて何を着ようが悪党はしょせん悪党でしかない。

要するに「スタイル」を成就させるには相反する「ファッション」をとことん追求する中で自分自身のリアリティを発見し、それに準じた努力をするほか手に入れることができないことなのかもしれない。自宅で穴の開いた古いTシャツを着ていた時、「まだ捨ててなかったの？」と呆れられるようでは、僕のスタイルもまだまだ、ということだ。

ライバル

ライバルと言えば「武蔵対小次郎」のように雌雄を決する対決をイメージしてしまうが、実際巌流島に関して言えば武蔵の策にまんまと籠絡されてしまい完敗してしまった小次郎は、はたして武蔵にとってライバルと言えるのだろうか。

江戸時代以前は「友達」という言葉がなかったと聞いたことがある。当時、言葉はなくても友情という概念は勿論あったとは思うが、近い言葉で「ともがら」とか「軽輩」とかがそれにあたる言葉だったらしい。当然、身分制度があり、親しい中にもいつ敵になるかわからない封建制度の中でそういった情に関して、容易に友達などと言ってしまうことは即ち自分の生死にかかわる問題であったと想像できる。

現在のようにインターネット上で顔もわからないまま容易に友達が出来てしまう状況は本来、大変危険なことであるといえるのかもしれない。またインターネットがらみの血なまぐさい事件が新聞をにぎわしていることを考えると、本質的には江戸時代となんら変わらない危険と背中合わせのことと言えるのかもしれない。

僕も知り合いは多いかも知れないが、友達と呼べるのは、ましてや親友と呼べる人間は数えるほどしかいない。それも、揃いもそろって厄介な連中ばかりである。何が厄介かというと、付き合いが長い分、ブラフ（はったり）というものが全く利かない。人間関係はある程度、間合いみたいなものがあって、付き合いが浅い場合微細な機智などを読み取ってそれ以上踏み込んでくることはない。それは、スムーズな人間関係を続けてゆくうえで大きなポイントだ。

しかし、付き合いが長くなり、裏も表も酸いも甘いも一緒に分かち合えるような仲になると、逆にその間合いを許さない。必然的に言い合いに発展し、最終的には鼻血を出しながら肩を組んで酒を酌み交わしたりしているから、たちが悪い。

そして、嫉妬に関しては女の比ではない。ずいぶん昔の話になるが実際僕の結婚式でも披露宴、二次会三次会と重ねていくと最後に残っているのはもっとも厄介な連中だけだった。しかも、学生時代、社会人と時代、時代によってできた友達が一堂に集まるため、僕からいわせれば面識のない非常にタイプの似た厄介な者同士が酔っぱらった状態で顔を突き合わせている状態で、しかも僕の結婚に関しても本心では喜んでいるものの、そこには一抹の寂しさもあり、その感情の導火線がまさに発火しそうなそんな状態だった。

その時点で最も古い二十年来の友人などは「オマエ、披露宴で○ェッカーズはねえだろう?」と僕が余興でマイクを握った際の万人受けする選曲にすら文句をつけた。要するに、なぜ自分たちに向けてもっと学生時代に実際に聴いていたようなハードなロックナンバーをやらなかったのかと遠回しに言っているのだ。そして結婚して落ち着こうとしている僕に対して、決して丸くなるなよとエールも送っている。

そんな、なんだかわけのわからない状況の中、口火を切ったのはかわいがっていた後輩で、なぜか妻に現役当時を思わせる据わった目をしてからんでいた。その後輩は二次会で既に泥酔の上、大号泣して酔い潰れていたのでてっきり帰ったものと思っていたのだが、呂律のまわらない言葉でしきりに僕の名前を言いながら何かを妻に必死で伝えようとしていた。

僕はいつものことなので、それを制止しようと立ち上がりかけた時、そいつとはあまり面識のない別の時代の後輩が無言で立ち上がりつかみかかっていった。

全く人の結婚式をなんだと思っているのかと思う反面、社会に出て希薄な人間関係にならされていた僕にとって、ここまで剝き出しに愛情を表現してくる友人達を涙が出てくるほど愛しく思った。妻にしてみれば大変な奴と結婚したと思っただろうが、僕に言わせれば、絡まれている妻も僕と結婚した以上同類と言えた。いくら酔っていても友人同士の場合は基本的に信頼関係がなければこうはならないものだ。

結局、小競合いのあとはいつものように、さっき取っ組み合いをしていた初対面同士の後輩たちも仲良く肩を組んで飲んでいた。僕はこれ自体には非常に満足している。表現は違えど、みんなうれしくて、そしてさみしいのだ。友達とはいえ、時に本気で向き合わないと親友とは呼ばないだろうし、ましてやライバルと呼ぶ以上どこかで本質的に分かり合えないと、それはただの敵であってライバルとは言えないだろう。

またライバルという言葉で思い出すのは「カストロとゲバラ」の関係性だ。この二人のことを思うと、切なさを禁じ得ない。

ご存じの通り、カストロは未だ指導者としてキューバに君臨している独裁者だが、既に亡くなっているゲバラなしでは彼を語ることができない。

カストロは権力志向が強く、敵味方問わず相手によって時には共産主義者、時には資本主義者とカメレオンのようにイデオロギーさえころころ変えるような狐狸の性質を多分にもった、いわば徳川家康のように全く油断のならない狡猾な人間だったといわれている。ゲバラのカリスマ性に目をつけ、チェ・ゲバラという主演俳優を作り上げ、メディアを巧みに利用したプロデューサーというのが彼の役割だった。

一方ゲバラは純粋にマルクスに傾倒した理想主義者で、官僚になった後でも朝四時に起きてはサトウキビを刈った後で政治家に戻るという生活を続けていた、いわばカストロに比べてイノセント（ぼうや）な男だった。しかし、当時のソヴィエトとアメリカという世界の二大パワーに挟まれた吹けば飛ぶような小国の指導者カストロは途中ゲバラの存在が厄介になり、結局彼を死地へと追いやってしまう。心からカストロを敬愛していたゲバラにとって、それは青天の霹靂を越えた大ダメージだったことは容易に想像できる。

ゲバラが死んだあとでも、彼の肖像をある意味都合よく国家のアイコンにして国家運営を続けている。しかし、単純にゲバラを利用しただけとはどうしても思えない節もある。一見無謀とも言えるゲバラに対する数々のゲリラ派遣命令も、心のどこかでゲバラならば本当にやってくれるかもしれないと、カストロは夢をゲバラに投影していたのではないだろうか。嫉妬もあっただろう。一時は本当に彼の派手な振る舞いに腹を立て存在を抹消しようと思ったこともあった筈だ。しかし独裁者ならば、本当に彼に濡れ衣をかけて存在自体を抹消することなど容易だったはずだ。

実際同じ独裁者でも、どこかの国の独裁者は平気で写真の上でさえも抹消することを厭わない。側近をまるでゲームのコマのように平然と粛清（なかったことに）してしまう。

それでもカストロはゲバラをいまだにチェ（友）と呼び続けている。彼は心からゲバラのことが好きだったのではないだろうか。

彼らはライバルであり、光と影、表裏一体で二人で一人であった。彼ら二人がいなければ今のキューバはなく、そして何より独立国家としてアメリカと対等に国交を正常化できそうな局面に至ることなどはなかった。

独裁者とはいえ友を死地に追いやった十字架を背負いながら、その後半世紀以上も生きながらえているカストロの心境を思うと胸が痛む。半身であるゲバラが亡くなった後でも独裁者である自分ではなく、亡くなってしまった友ゲバラの肖像を首都ハバナの街中に掲げることで正気を保とうとしているのではないだろうか。

貧しくとも陽気なハバナの人たちの屈託のない笑顔を見ていると、僕は独裁者とはいえコマンダンテ・カストロのことを悪く思うことがどうしてもできない。利害関係やプロセス、結果を越えて「友」という言葉の意味が二人を見ていると一層重要な事柄に感じてしまう。

なにより、カストロはゲバラになりたかったのではないだろうか？　でも実際のところはあの二人にしかわからない。ライバル（半身）がいない今、それは永遠の謎だ。はたしてこの先、僕のライバルは現れるのだろうか。

もし僕とそっくりな人間に出会ったら、正直うんざりしてしまうだろう。会ってみたいような気もするが、今のところ、僕の半身は妻だけで十分だ。

後記：二〇十六年十一月二十五日フィデルカストロ死去。コマンダンテは向うでゲバラと会えただろうか？
そしてアメリカ大統領も変わり時代は変わる。これからキューバはどうなるのだろうか。

幸せってなんだっけ？

僕は自分のことが幸せなのか不幸なのか正直わからない。

正確に言えば、自分が幸せなのか不幸なのかあまり考えたことがないのかもしれない。もちろん、誰しも幸せにはなりたいし、不幸になりたい人間なんている筈もない。以前別の雑文で「ふり幅」の話をしたが、繰り返すとふり幅がなければ強弱も速遅もない。幸せに関して言えば、その瞬間不幸だと感じるのは今まで幸せだったからそう感じる訳で、また逆もしかりである。経験上、物を持っているからと言って幸せとは限らないし不幸とも限らない。むしろ、自分の器を超えた事態に遭遇した時に、それが傍から見て幸せであれ、不幸であれ、自分にとっては正直荷が重いなあ、面倒くさいなあといった心境になるだけだ。

それを「幸せ」に変換したり「不幸」に変換しているのは自分自身であり、それを人がとやかく言うのは迷惑な話だと思う。

インターネットが今日のように世界をシームレス化する以前では、いわば情報は地政学的にガラパゴス化しており、そこそれぞれで独自の文化があり、独自の幸せの概念があったように思う。よく、見識や見分を広げよという話を耳にするが、それは個人がそう思えばそうすればよいことで、本来他人からとやかく言われる筋合いはない。そこを幸せに感じている人からすれば本当に余計なお世話である。もちろん、社会正義や弱者保護の観点から、明らかに手を差し伸べた方が良いケースもあるがその際、問いかけぐらいはしてよいとは思うが、それが正義のように強制するのはいかがなものかと考えてしまう。

しかも基準になっているのが経験から導き出された知恵ではなく、本やインターネットで聞きかじったことを根拠にされていると、正直、その無責任さに呆れてしまう。未体験の情報というのは、自分の経験値があってこそ初めて自分にとって有効かどうか量れるわけで、未体験の情報を鵜呑みにして、それが「正」だと盲信してしまうことは一番タチが悪いと言える。現に書物も含めて世に出ている情報が正しいかどうかなんて誰も正確に検証していないし、インターネットに至っては一体誰が言っていることなのかすらわからない事の方が多い。

しかもステルスマーケティングが横行しているネット社会においては、情報が操作されていないと思う方がどうかしている。大手新聞社ですら、実際にそれを認めている。見ようと思わなくても垂れ流されているテレビ、ラジオなどのメディアに関しても同じことが言えるのかもしれない。

それでは、何を信用すればよいかという話にもなるが、それは自分をおいて他にはない。

自分が選んだ情報が間違っていたことを発信元のせいにするのはお門違いで、責めるべきはそれを選んで信じて騙された自分の経験不足を責めるべきである。本来自分の経験において図るべき「幸せ」を、情報という言わば他人の経験談を基にして相対化すれば自分の器を超えて自分が矮小化されるのは当たり前であり、逆に人の不幸は蜜の味というが、人の不幸を自分と相対化して考えるのも本来ナンセンスなことだ。

究極的に、死んだ人と生きている自分を相対化して、良かったとのんきに思えるのであれば、そもそも不幸などというのは存在しないはずである。それでも周りを気にして、そういったものを自分と秤にかけてしまうのは人情といえばそうだが、あまりにも情報が氾濫している現状でそれをやってしまうと人間の神経などは簡単に衰弱してしまうだろう。

そもそも、自分が「幸せ」か「不幸」かと考えだした時点で、一体何と相対化してそう考えているのかもう一度熟考した方が良い。それが他者の情報を基にしているのであればナンセンスなことだし、過去の自分自身であれば、歳も取っている訳で周りの状況も変わっている。

僕もあえて自分の「幸せ」を考えた場合、ふと思い出したのは小学校の頃に時間も忘れて夢中になって遊んだ時の記憶だ。これは現在でも、出来うる限りその夢中な状況に持って行けた時の方が何をするにつけ満足度が高い。

それは傾向として、傍から見れば一体何のためにやっているのかがよくわからないことの方が多いと言える。所謂、自己満足と言えるのかもしれないが、小学生の頃、自宅の近所の森で友達と遊んでいる時に穴掘りに熱中したことを思い出す。最初は退屈しのぎに話しながら小枝で地面を無意識にほじっていたと思うが、そのうち道具を大きな枝や石に持ち替え、無言でその場所を掘り続けた。しばらくして通りがかった別の友達も合流して、近くに住んでいた奴が本格的にスコップなどを持ち出してきて僕らはひたすら掘り進んだ。

その日は暗くなりいったん解散したが、次の日学校の授業が終わるのが待ちきれないほど、早く現場に戻って穴を掘り進めたいと思っていたことを覚えている。その日、友達と急いで現場に戻ると、既に何人かは作業を始めており、その中には全く知らない別の小学校のヤツも含まれていた。

道具は既に大きな工事用スコップやどこから持ってきたのかクワとかツルハシも含まれており、バケツにも水が張られていた。僕らは泥だらけになりながら、掘り進んでゆくと既に僕らの背がすっぽりと収まるくらいの大きな穴が出来上がっていた。

小学生なので当然土木技術の知識があろうはずもないが、誰かが棒を器用に組み合わせて穴の内壁を補強しだして、二日目には穴を掘り進む担当、泥を掻きだす担当、全体を管理する言わば現場監督等、決めた訳ではないのに立派に役割分担がなされていた。既に足場がないと底から上がれないほどの穴が出来た頃、「水が出たぞー」と掘削担当が穴の底から大声を出した。

替りばんこに穴に潜ってみると、みるみるうちに穴底に水たまりのようなものが出来ていた。そして泥だらけの僕たちは、お互いの肩を叩きながら得も言われぬ達成感につつまれていた。

その次の日、穴の話を知って更に人数が増えたメンツで穴を見に行くと、その穴の周りには結界のロープが張られており、ヘルメットをかぶった本物の作業員数名が埋戻しの作業をしていた。遠巻きにそれを眺めていると、施設の担当者のような背広を着たおじさんが近寄ってきて、何か見なかったかと尋ねられた。僕らは無言で慌てて首を横に振ったが、おじさんはこんなに短時間でこれだけの穴を掘るなんて本職の作業員以外考えられないと、一体誰が何の目的で掘ったのかと首をひねっていた。

たったこれだけの話だが自分の「幸せ」を考えた時にどうしても浮かんでくるエピソードのひとつだ。それをなぜ「幸せ」かと問われれば正直説明に困ってしまうが、元来自分の「幸せ」は他人に簡単に説明出来うるものではない。先ほども述べたが、いくら自分の幸せだと言って全く同じことを中年の今やったところで当時と同じ満足感は得られないだろうし、過去にあまりに執着してタイムマシーンがいるような話になってくれば、それは不老不死の薬を探すことと同じことだ。そのことについて盲信せずに今の自分と相対化して前向きにとらえればロマンの範疇として大いに自分にとってプラスにはなるが、それは「幸せ」や「不幸」ではない満足感の問題だろう。

こんな僕もよく考えてみれば全く比べない訳ではない。生活を考えた場合、経済活動や消費を含めてすべては相対化された中で稼働している。ジャングルの中でたった一人で生活をしない限りは、社会システムの中で相対化という呪縛から解かれることはない。だからせめて、自分自身の「幸せ」くらいは相対化したくはないのかもしれない。しかも量れるような「幸せ」があるならばそれははたして「幸せ」と言えるのだろうか。「幸せ」は追い求めるもので量るものでは決してない。

ところで「幸せ」ってなんだっけ？

#3

80s ゴースト！

—昭和単車乗残侠伝《しょうわたんしゃのりざんきょうでん》

ハードボイルド

――あるいは、すべての卵たちへ

殻を破ることは痛みを伴う。
生まれた世界は残酷に満ち溢れている。
オマエに逃げ場はない。
それでも殻に閉じ籠りたいならばやってみることだ。
殻を破れないものに、殻に閉じ籠り続ける胆力がある訳がないと気づくはずだ。
ならば、卵たちよ殻を破れよ。その薄い殻の中で朽ち果ててゆく前に。
殻に閉じ籠ったところで雌鶏の子宮に戻れるわけではないのだ。

雌鶏は養鶏場の片隅で、既にオマエのことは忘れているだろう。

誰にも期待するな、あてにもするな。己以外は信じるな。

残酷な世界へ、剥き身で飛び出せ。

殻（オマエ）の欠片は逆にオマエを傷つけるだろう。

それでも殻を突き破れ。煮え立った地獄の釜へ笑って飛び込め。

己のその柔らかな青白い皮膚に痛みを傷を刻み込め。

いつかその痛みの思い出が、その傷跡がオマエの勇気を教えてくれる。

ここまで流した涙と血の跡が、オマエが歩いてきた軌跡（奇跡）を指し示してくれる時がきっと来る。

傷はいつか瘡蓋になり、甘い痛みを伴って己の強さに変わっている。

半熟（半端者）なんかに決してなるな。石（意志）より固い卵になれ。

残酷な世界よ、食えるものならば、食ってみろ。

その時、オマエはハードボイルド。

傷だらけの固ゆで卵たちよ。

すりきれたブーツ　すてきれない記憶（メモリー）

零　はじめに——ゼロrpm　あるいは現在レストア中……

ヨコハマ五十歳まえ……人生、よく疾走ったな（と言えなくもない……か）

地方転勤二回、出向二社、海外一回、禁煙一回、降格一回、早期退職（リストラ）推奨一回、引越七回、サラリーマンの戦歴（通算）としてはまずまずだ。

「人間五十年、下天の内をくらぶれば、夢幻の如くなり　ひとたび生を得て、滅せぬ者の有るべきか。」信長ではないが、いくらタフガイを気取っても、今も昔もここら辺がちょうど、漢（オトコ）の潮時かもしれない。

バイクに例えると、まずキャブレター（吸排気系）からガタが来た。

朝、いつものように起きた（と思った）景色がおかしい。なんだか視界が淀んでいる。なにより……息できねえ。だんだん周りが不透明なマーマレード状になり、頑張っても空気が口から入ってこない。

「あれ？　俺、死ぬかもしんない……」そう思ったら突然、パニックが襲ってきた。

咄嗟にマルボロ（煙草）に火をつけた（そんな場合じゃないのは分かっている！　でも、なにしろパニックなのだ）

いつもより深く吸ってみた。紫煙が肺に入ってゆくのが実感できた。「息、吸えてる！」だが、依然、この苦しさは収まる気配がない。

時計を見た、秒針がいつもよりゆっくりカウントしている。

部屋の中を見回した。相変わらずマーマレード状の風景が淀んでいた。

しばらく（長い時間に感じた）のたうちまわり、床をうつぶせで抱きかかえながら（ダイビングでパニックになった時、海底を抱きかかえるようにすると落ち着くと、かつてインストラクターから教えられたことがある）時計を見た。あれからまだ五分しか経っていない。

グランブルーのジャック・マイヨールじゃあるまいし、普通の人間が五分も息ができないまま無事でいられるわけもない。そう思えてから徐々に、普段の風景が戻ってきた。いつもと変わらない朝の風景。

ベランダで小鳥のさえずりが聞こえた。

震える指でもう一本取り出し、マルボロにようやく火をつけた。一息に吸い込んだ。むせた。

ひとりセキこんで悶絶していると、飼っているネコが近寄ってきて、心配そうに一声鳴いた。

しばらくしてからも、キャブレターの不調は電車の中、エレベーターとＴＰＯをわきまえず、学生時代の悪い先輩のようにいつでも俺に絡んできた。

そんな時、俺は同じようにうずくまり、周りにわからないようにファイティングポーズをとった。シードゥエラー（時計）をカウントしながら五分待った。

旧車がエンジン不調の時、しばらく待つと何事もなかったようにエンジンがかかる。祈りながら待った。ただエンジン不調の時と違い、その五分は五時間にも思えた。

もう限界だった……厭々《いやいや》、修理屋（病院）へ行った。

原因不明、実際キャブレター（呼吸器系）は問題なかった。

その後もいろいろと検査したが、結局治せなかった。そしてその修理屋（医者）は心療内科への診療をすすめやがった。

もとよりアナログ人間を自負しており、俺のエンジンは自然吸気のレシプロだと信じていた。

心療内科？　キャブレターじゃなかったのかよ！　その時、俺の吸排気系はインジェクション（ブラックボックス）不良だったと認識した。

仮にキャブ（自然吸気）だと仕組みはわかる。だがインジェクションならば最新バイク同様、もうお手上げだった。

心療内科の医者（オタコン）は、カウンセリングの名のもとに俺のブラックボックスのプログラムやログを根掘り葉掘り、聞き始めた（本当に根掘り葉掘り、どうやら俺にサイコセラピストはできそうもない）。

診断。病名……パニック障害。

「パ……なに？」

要は仕事上のストレスが蓄積して、吸気系のコンピューターが狂ったという話だ。

確かに、もとより自覚はあった。長いサラリーマン生活という、終わらない電気自動車耐久エコレースのような複雑で退屈なレギュレーションの中で、寄せ集めのホットロッドのような、まるで場違いな俺は、「オーエイチブイ427キュービックインチビッグブロックエンジン＋ニトロ（ビール）」で、常に一、二速だけを使って、オーバーヒート寸前まで、ずっとそのレースを走ってきた。

しかし、メンタル不調などという、そんなお上品なものとは今日まで無縁だと思って生きてきた。

まさにマーマレードスプーン。何の前触れもなく、いきなりすぎねえか？

パニックだと……？　小学校の頃、朝礼で倒れるやつがうらやましくてしようがなかった健康優良（不良少年）の俺が？

そんなもの、半世紀近く生きてきた中で、ハイサイドで転倒した時、アメリカの片田舎で現金パスポートをなくした時、同棲していた女がいきなり出て行った時（ひとりアパートに戻ると置手紙はおろか、家財道具カーテンすらなかった）それぐらいしか思いつかない。それすらも、笑い飛ばして生きてきた……つもりだった。

パニックだと？……その事実は全く受け入れがたく、これまでの人生を全否定された最悪の気分だった。

クソッタレ、このポンコツ！　いっそ廃車（死んだ）のほうがマシ……そんな捨て台詞が今の俺には一番お似合いだと自嘲した。

俺より十歳も若い上司に診断書を出した。

「え、休職？　休めるの？　給料もらえて？」

がんじがらめだと思っていた会社。皮肉にも入社してはじめて上さま（一部上場企業様）の恩恵を感じた。

オタコン（主治医）は自分の好きなことをするのが最善の治療だと、神妙な顔でいった。俺は心でガッツポーズしながら、これで思う存分疾走れると思った。

さて、どこへ行こうか！　ひさしぶりに、でっかいどう（北海道）までロング行っちゃうか！

「待てよ？　発作起きたらどうすんの？　マジで？　乗れねえ……のか？」

……季節は春から初夏（バイク乗りの季節）に入ろうとしていた。

いつかの横浜ロッドショウ…また場違いな
誰か知らないが、良く撮れてる
ありがとう。

壱　80sゴースト！という生き方

記憶の断片《かけら》。

ガキの頃、街角で、巨大なカウリングのバイクに目が釘付けになった。

カウルがまだフェアリングと呼ばれていた時代の、CB750Fインテグラあるいはボルドール（もしくはCBX）だと後に分かったのだが、子供の俺にはまさに巨大な宇宙戦艦のように見えた。

所謂、バイクカウルが全面的に解禁ではなかった時代、今でこそツアラー然としたその姿も、当時の俺にはレーサーそのものだった。

昭和の刀狩……ハンドルを変えただけで整備不良のキップを切られた時代。現在のようにカスタムが許容されている時代を当時誰が想像しただろう。その点だけはありがたい。

時が過ぎ、バイク雑誌の中で釘付けになったモノクロの小さな写真があった。若きキング、ケニー・ロバーツが巨大なエンジンを持つバイクにまたがり豪快に白煙を上げていた。その姿はさながら、怪獣と闘う伝説の騎士のように見えた。

Ｖｍａｘの登場である。

余談、バイクメーカーのヤマハが社命をかけたプロジェクト（世界戦略車）として世に送り出したモンスターマシン。開発当時、日本の技術者がアメリカ人責任者に聞いた（らしい）「何馬力出せばよろしいですか？」責任者は答えた（らしい）「出せるだけ」

さらにこうも聞いた（らしい）「デザイン上、タンク容量が十五リットル。通常位置のタンクはダミーです……」当時十五リットルは、排気量がより小さなミドルクラス以下のタンク容量と言われるほど、実用的には少なかった。ましてや、あの広大なアメリカ大陸で……本当に死活問題だ。責任者は答えた（らしい）「グレイト！　コイツはまさにドラッグレーサーだ」……と。

エコロジーな現代では考えられない、すさまじい（突き抜けた）コンセプトでヤツは生まれた。

さらに（燃費を悪化させる）「Ｖブースト」という加速装置を装備し、ブースト時は「脳味噌が後ろにおいてゆかれる加速」と比喩された。

まだガキだった俺たちにとっては、アメリカの最新鋭ジェット戦闘機と変わらないイコン（偶像）として記憶に深く刻み込まれた（そういえば八〇年代の原付スクーター、ホンダビートにも、夢の加速装置のペダルがついてたなあ……）その前後も「マッドマックス」や「汚れた英雄」の洗礼を受けた俺たちはフェアリング付のバイクには特別な感慨があった（映画『マッドストーン』のバイクもイカしてた。しかしグースのバイク、ギア入れるとエンジンがかかる謎？）

しかし七〇年代当時のバイク乗りは、実に上品（○走風ではなく）にフェアリングを付けていたものだ。なんと罪作りな八〇年代。

さらに時が過ぎ、レプリカブーム、ネイキッドブーム、スクーターブームと時代とともにトレンドが変わり、ついにはバイクが売れなくなったという。

「……なんてことだ」

気が付いた時、自然にバイク屋に足が向いていた（バイク屋も変わらないのは男爵だけだな）

バイクオイルの甘い匂いに軽い眩暈《めまい》を覚えながら、並んだバイクに目を配る。本当はお目当てしか見えていない。それでもなお、じらすように、わざと遠回りしてしまう感覚。

ゆっくり時間をかけ、ブランクを埋めてゆくため、自分にしか分からない感性を取り戻すための段取りを黙々とこなした。しかし、その前に立った瞬間「？」何かが違う。

同窓会での変わり果てた初恋（女）の姿のように、時は記憶を美化しているものだ。極太に思えた当時のビッグバイク、リアタイヤの……なんと細く頼りないことよ……。

少し遠巻きに、憧れ抜いたマシンたちを交互に眺めてみた。すると妄想が頭の中で、徐々に実像を結んでいく。

「トマゼリグリップ……ナポレオンミラー、フェアリング……カフェレーサー？」

神の啓示にも似た、乱暴な思念が頭の中を占領してゆく。

アメリカンFLH系バガー（実際、よく声はかけられるが）でもなく、モトGPレーサーでもない。

ましてやノスタルジックな旧車会でもない。しいて言えば未成熟な七〇〜八〇年代カフェレーサーの幻影か（この言い方も正しいのか分からない）

人間は本当に我儘な生き物である。哲学に出てくるイデアの如く、完全な美の形を自分の中に持っている。「妥協」という文字を否定した時からカスタムは始まる。また、自分の生きた記憶を再構築してゆく作業に似て、楽しくも長くつらい、決して終わることのない道の始まりでもある。

そして、出会いは突然やって来た（中古バイクは本当に面白い。誰かのゴーストは今俺に憑りついてる）

我が家にそれが来た時、妻は言った。「何？　族車……」

友は言った。「ツアラーか、落ち着いたな……」

これでいいのだ。

「高速は楽だよ」なんてことは言わない（実際楽だが）しかし「改良」か「改悪」かは、スペック（機能面）だけでは語りつくせはしないだろう。

かの方が言った、バイクはファルス（男性自身）だと。自分が選んだバイクは、良くも悪くも自分自身、そのものなのだからと。

中途半端な旧車に怪しげなフェアリングをつけ、ＣＤ値では測れない「魂の空力」をあげて二十一世紀を疾走り続ける。

哀れな迷える子羊（俺）は、あの頃と同じ路上で、八〇年代の亡霊（80ｓゴースト！）たちに、とうとう憑りつかれてしまった……らしい。

「ヨンガンダブダブ」それはスピードの呪文

弐 V4エンジン——あるいはVmaxとガンマ　魂でリンクした兄弟車

シングルやツインの中低速トルクや鼓動感も好きだが、マルチ等多気筒エンジンが持つ高回転時のスムーズな吹けあがりも捨てがたい……。

こういう二兎を追うような事態に陥るとユニットとしてV4は有難い存在だ。逆に陥らない人がうらやましい。でも、それにしか乗らないというのもわかる気がする。女性と似てるか。

V4エンジンもそんな人間の限りなき我儘によって生み出されたような気がしてならない（もっとも、全てのイノベーションがそういえるのかもしれない。それは前向きな我儘だけにしてほしいが）ホンダVFシリーズから我が国でも認知されてきたユニットだと記憶しているが、その後、VFR、RVF、九〇年代に楕円ピストン？（未だに良くわかってはいない）のホンダNR（当時で価格四百万以上！）もV4エンジンだったらしい。

最新モデルでも熟成されたV４ユニットが発表され、今後さらに進化の一途を辿るだろう。

こう言ってしまうと、良いとこ取りでオールマイティーなエンジンに思えるが、ある意味持ち味という面ではどっちつかずで「味」が薄まっている印象も否めない。

ここに例外がある（あくまで私見だが……）。自分の車歴で振り返ると今乗っているVｍａｘと八〇年代に乗っていたスズキRG４００γ（ヨンガンダブダブといわれる）が味が濃いV４（厳密にγはスクエア４）だった（この他にもあるかもしれない、乗ったことはないがヤマハRZV５００も同じ匂いがする……忘れじのRG５００γ、あのゴガンにもいつかは乗ってみたい）。

なるほど、Vｍａｘとガンマは似ている……と言ったら「何言ってんだ！」と諸兄からお叱りを受けそうだが、所有した感じだと確かに似ていると思っている。

片や２ストのグランプリ直系レーサーレプリカ、片や４ストのドラッグスタイルでメーカーも違えばストロークも違う両極端な二車だが、自分の中では「一卵性か？」と思うくらい重なる部分が多い。

逆にスタイルが同じのホンダ系V４にも何度か乗ったことがあるが、よく出来た良妻賢母（乗り手を選ばない）といった感じで似ているとは言い難い。ガンマもVｍａｘも悪女（乗り手を選ぶ）の部類に入るという点で類似点があるのかも知れない。アンチホンダではないと思うが、現にフェアリングはホンダだし、コンプレックスなのか。

例えば、下から唐突にモリモリトルクが沸いてくる感じ、ある回転数を超えると豹変しタコメーターがいきなり振り切れ、どこまでも加速を続けそうな恐怖感。

ガンマもVブーストの加速に似た、脳味噌が少し後からついてくるような経験（置いて行かれたことはないが）を何度もした（それも挙動に慣れればどうってことはない……こともないか）

コーナーで立ちが強いハンドリング（曲がらねえ）パワーに対してプアなブレーキ（止まらねえ）時として妙な挙動（たぶん剛性バランスか、攻めた時、たまにグニャリとする有機生命体のような）それでいて高ギア低回転で、中低速を軽く流している時の心地良さ（ツンデレ感）等、自分の中での印象が一緒なのだ。

何より、人を寄せ付けないようなオーラの色が似ているというか、常に「オマエに乗れるのかい？」と、まるで試されているような緊張感まで一緒だった（よく人馬一体というが、逆にどこか拒否られている感覚か）

いや、機能面ではない何か。コントロールできない何かに対する畏敬の念。それはガンマを経て、アイツ（Vmax）に出会うまで忘れていた、自分の中の謙虚さだったのかも知れない。

ガンマに対しては、切ない想いがある（今でもあまり思い出したくはないのだが……）学生の身分では、無謀なローン（当然MAX回&リボ払い）を組んで手に入れた銀色のガンマ（紺色のレーサー然としたガンマWWは当時大人気のため入荷待ちで、店頭にある試乗車は単色シルバーのガンマだった。それを新古車価格で手に入れたのだが、のちに人気逆転したとかしないとか）

乗り出した峠では、早速人だかりが出来た。空缶（当時は願掛けで銘柄にもこだわっていた）を膝に貼ってホンダ（NS）やヤマハ（RZ）と追いかけっこをした。

当時4ストヨンヒャクなど、眼中になかった。仕掛けられてもコーナーでアウトから強引に切り込み、立上りでウィリーしてぶっちぎるようなイヤな奴だった（4スト乗りの時、逆に2ストからよくやられていた技）

無謀にもスーパーカー（デカ尻含）を追い掛け回したことも数知れず。高回転でギアチェンジするとフロントがピョンと跳ねて、目の前の風景が狭くなった。

納車一年足らずで交差点を無理に右折した商業バンの横腹にささって廃車になった。逆、サイドワインダー、友からは当時、桜花作戦（特攻専用機）と笑われた。おまけに敬礼までしやがった。

幸いにも自分は軽症?ですんだが、フロントが車体に刺さり、なお立っている銀色の車体や潰れたタンクであざ笑って見える赤い狼、血液のように飛び散ったオイル、そして、それらとは対照的に無傷なリア四本マフラーの映像を未だ鮮明に覚えている。

自分の技量不足、運（バチ）正直ビビったのかもしれない……様々な思念が取り巻き、おのずとレーサースタイルから自分自身を遠ざけていった（当時、保険やあれこれで買ったのは、漢の単車エリ……これは別の物語。当然ノーマルの期間は短かったが）

ごくまれに（本当に最近2ストバイクを見なくなった）紺色のガンマｗｗを見かけることがあるが、不義理をして別れた恋人にばったり出会う気まずさを覚えた。

だから2ストオイルの匂いをかぐたび、失恋した女性がつけていたパフューム（香水）の残香に似て、切ない思いが胸にせりあがってくるのはそのせいかも知れない。

Ｖｍａｘを駆る時、その操作性の悪さを感じる時、胸のわだかまりが少しずつ薄れていくような感覚になるのは、やっぱり似ていると言えないだろうか。

あるいは、時間の経過が作り出したある種の幻影（80sゴースト!）ジャンルを超えて様々な思念を融合させてゆく自分の性がそうさせるのだろうか。

いつの日かまた、ガンマ（栄光、たしかギリシャ語訳だったか、それとも教えてくれた友の与太か）に乗るときがあるかもしれない。結論はその時まで取っておこうと思う。

ミッドナイトスペシャル、おまえはブルース

参 ジャパニーズアメリカン——時代の端境期《はざかいき》に存在した異端

映画『イージーライダー』が日本で公開された七〇年代、日本でも本格的なチョッパースタイルのカスタムが産声を上げた（それはロードバイクにイーグルハンドルやシィシィバーを付けただけの怪しげなシロモノだったが……）

しばらくすると、トレンドに乗った形で、日本の各メーカーがまるで日本人の体型に合わせたかのように、デフォルメしたバイクを次々に発表した（ロー&ロングが定石のアメリカンチョッパースタイルをなぜか真逆のハイ&ショートにしたまさにデフォルメ）

各社の主にロードモデルをベースに直4、縦ツイン、Vツイン、実際なんでもありだった（当時アメリカ映画に結構出ていたと思う。映画パープルレインで元殿下が乗っていた日本車には爆笑したな）それが、本家（ハーレー）とは似ても似つかない、メーカー純正「ジャパニーズアメリカン」の誕生である（日系二世の意味もあるが、ほかに呼び方があるのだろうか？　語感に深い意味合いを感じないでもない）

中免を取って、バイクが欲しい盛りの頃、近くのバイク屋に並んでいる格安の黒いz400LTD（リミテッド）と先輩が格安で譲ってくれるというフェックス（黒に青ライン確か3型か）が予算的に許される選択肢だった。リミテッドの方はドノーマルで新古車同然、程度も良好、フェックスは程良くヤレて、ハンドルが空（鬼ハン）を向いており、茶色の三段シートが付いていた（しかも縫製がいい加減で雨のあとは最悪。さらにビートのアルフィンカバーとポイントカバーそしてショート管当時の定番スタイル、今考えれば惜しいかも）

時はレーサーレプリカ黎明期、ホンダのCBX400Fがフェアリング付きのインテグラを発表してしばらく経った八〇年代の出来事である。

余談だが、フェックスに現在のような高額プレミアが付こうとは当時考えもしなかった。当時悲しいかな、それしかなかったのである。しつこいが、今持ってたらパーツも含めて結構な財産だな。自分も本当は2ストのレーサーモデルが欲しかったが、中古価格は4スト（特にバブとかザリとか）の方が随分安かった気がする（記憶違いか？　それともレーサー系が得意だったバイク屋、族車嫌いの親父のローカル価格か？）

どう考えてもレーサーになりそうにないリミテッドはやめて、当然のようにフェックスを買った。

当時の若者は日本製アメリカンはおじさん（失礼……今の自分くらいの年齢）が乗るものだと思っていた。

とりあえずライトを定位置に戻し、社外品スワローハンドルを低い位置に取り付け、ステップを板金屋の親父が加工した怪しげなステーで無理やり後方に下げ、気分はもうゴーイングレーサーである。

しかし、段付きシートをノーマルに戻すお金もなく、低いポジションに反り上がったシートの付いた（興味のない人にはまさしく〇走）ジャンルレスの異様な姿で峠に通った（その時、親父に中古のノーマルシートを探してやると言われたが、連絡があったのは大学の時だった。遅えよ）

ある日のこと、いつものように峠のドライブインへ向かっているとバックミラーに黒い大きな塊が迫ってきた。得意の上り高速左コーナーまで加速すると、アウトから綺麗なリーンウィズで、でかいアメリカンバイクが手を上げて抜き去っていった。まるで鮫の横を泳ぐ小魚の気分だった……まるっきり歯が立たないとはこういうことだ。

その後も全く追いつけず、ついには何個目かのコーナーで見失ってしまった。

ハーレー？　と一瞬おもったが、Vツイン独特の音がしない。むしろ、自分のバイク（マルチサウンド）をもっと低く図太くした感じのエキゾーストだったと思う。

いつものドライブインに着くと、顔見知りや友人達が一台のバイクに群がっていた。まさしく、それはさっき自分を抜き去った漆黒のアメリカンバイクだった。

近づいてみるとタンクにはYAMAHAと書いてあり、ライトやモールも金色、サイドカバーにはMidNight Special（ミッドナイトスペシャル）と書いてあった（と思う……1．1だったかもしれない……記憶があいまいだ）

当時、最高速二〇〇キロオーバー（一時は世界最速……それがH2Rは今や倍の四〇〇キロ……かよ）を誇ったヤマハXS1100（通称イレブン）だと誰かが説明してくれた。

痺れた……カッコよかった。もはや理屈ではなかった。趣味趣向もこだわりも何も関係なく。

あの瞬間、バイクの中のキングだったと思う。ジャパニーズアメリカンは、おじさんが乗るものだという認識が吹き飛んだ。

実際乗っていたのは黒い革つなぎの小さなおじさんだったが、レイバンのティアドロップサングラスでバイクにまたがると体まででかく見えた。考えてみればあのおじさんも、今の自分より確実に若かったはずであるが、当時は随分大人にみえた（大人というよりオーバー1リッターに乗ってるってだけで超人にみえたなあ。今でもバイクに乗っているのだろうか？）

日本で世界に通用するアメリカンバイクが存在するなんて誇らしかった。

帰りにリミテッドが置いてあるバイク屋に寄ってみた。はじめドンくさく見えたリミテッドもなんだがかっこよく見えた（正直、イレブンに比べると見劣りはしたが）フェックスを買ったことを少し後悔した気がする。後日、ファッション誌（当時よくあった50s特集か何か）で見たクールなリミテッドのチョッパーや、極めつけは映画『ランブルフィッシュ』を見てさらに後悔したと思う（今よりも映画の影響力がすごくあった。劇中モーターサイクルボーイがノーマルのリミテッドに乗っていた）

現在、本家のハーレーもショベルからエボ、そして最新のツインカムモデルへ進化し、日本車のようにスムーズで高性能なエンジン特性のモデルを発表している（ロムの変更でショベルヘッド等オールドハーレーのような三拍子まで出せるという、さらにナックルに見えるカバーまで）

また、日本のメーカー各社が発表する最新アメリカンバイクが本家ハーレーを凌ぐ伸びやかなスタ

イルを発表している（そういえばホンダスティードが出たあたりでジャパニーズアメリカンの流れが変わってきたか）
言うなれば二十一世紀の現在、両者は限りなく近づき、その差が曖昧になりつつあるのかもしれない。
さらに電子制御系の進化が目覚しい……最新モデルのスーパースポーツを見ていると、以前では考えられないスピードと角度でコーナーに突っ込んで行く（モトGPで横移動のようなパワードリフトを見たら正直、以前の感覚でレースを見ることができなくなった）
もう旧車に怪しげな改造をして最新モデルをぶち抜くことなど本当に幻想なのかもしれない（……というか無理だが、漢のレース「マン島」のガイマーティンを見るとホッとする　彼は往年のレーサーのようだ）
かつて、日本の狭い街角で、広大なアメリカの地平線……キャプテンアメリカを夢見て、ありあわせのパーツを駆使して怪しげなチョップを愛車に施し、悦に入っていた若者達がいた。
そして、彼らの想いを叶えるべく、メーカープロダクトという厳しい規制の中で、限界まで奮闘した当時のデザイナーやエンジニア達それらに想いを馳せる時、ハイ&ショートのジャパニーズアメリカンは日本が誇るオリジナリティだと胸を張りたい気分にさせる。
全てが高機能でスマートに見える最新モデルを尻目に、アクが強くてドロくさい、とっても中途半端な80sジャパニーズアメリカンスタイルが、最近、気になってしょうがない。
今をときめくアリゾナフェニックスのカスタムビルダー、バガーとか言ってないで日本車でハイ&ショートのトレンドを作らないだろうかパープルレイン号の復刻とか……ねえだろうなあ。

やぶれかぶれだった　オマエもオレも

四 ヨンヒャク

「ヨンヒャク」という響きは、少年が実際に抱くことのできる「最大」の意味。
バイク乗りたちが成長の途中に通過する道標（ランドマーク）
「ヨンヒャク」という響きは、いつかの夏を思い出す。

六月……

梅雨の昼下がり、雲の切れ間から、夏の太陽が顔を覗かせている。

いつもと変わらない渋滞の国道、半乾きの路面、回転数を少し気にしながら走っていた。

路面が徐々に乾いてくる、アクセルを少し煽ると四本のマフラーから白煙と共に甲高いノイズが吐き出される。

「回せ、もっとだ！」。誰かに煽られている感覚。

車をすり抜けながら、信号の一番手前までバイクを移動させた。

ギアをニュートラルに入れ、ミラーを調整してグローブを上げなおす、そしてタンクを一度両手で挟み、再びハンドルに手を伸ばす、自分だけの儀式。

シグナルブルー、クラッチミート、渋滞の苛立ちを抑えきれずワイドにそしてラフにスロットルをあける。タコメーターの針が跳ね上がり、パワーバンドもお構いなしにシフトアップ、フロントが跳ねる、風景が狭くなる。周りにはもう誰もいない、次のシグナルブルー、交差点右手に右折車。

ドライバーがこちらを見ている（気がした……）横断歩道に差し掛かる直前、ゆっくり右折してきた。

……ブレーキ……リアが暴れた……ハイサイド？……

静寂。

何かの削れる音……割れたシールド越しのアスファルト。

静寂。

首を左右に動かした……動く！……手……左手がしびれている……足……腰、ヒザ痛む。

「大丈夫ですか？」誰かの声。

とりあえずその場に座った。
「バイクは？」誰かが指差す。
車の後部ドア、斜めを向いて刺さっている銀色の車体。
誰かの静止を振り切り、痛む足でゆっくりと近づいた。
驚くほど綺麗な四本マフラーから、まだ息づく金属音が聞こえた。
フロント……タイヤがあらぬ方向を向いて、タンクがつぶれている。
そこら中に砕けたパーツとバックミラー、血液のようなオイルのシミ。
ゆがんでしまったタンクに、そっと触れた。
「ヘタクソ！」
あざ笑っている、赤い狼。
他人事のようにサイレンが鳴っている。
いつの間にか頭の上に降り注ぐ光は、眩しい夏の訪れ。
キミと約束した、夏の海には行けそうにない。
ぼんやりと考えていた。

七月……

左第三指、第四指骨折、左膝裂傷、その他全治三カ月。
バイクはフロント大破でエンジン、フレームともに……結局廃車。

憧れ抜いてやっと手に入れた栄光（ガンマ）……あっけない幕切れ。

気を使った友人達が、次に乗るバイクの話で盛り上げる。

渡されたバイク雑誌を病院の待合室でめくってみた。

視線がページの上を素通りしてゆく、頭の中で無意味な問いかけが反復する。

「なぜ?」と。

技量不足……調子に乗っていたのか。

峠では、誰（RZにもNSにも）にも負けなかった。

「なぜ?」と。

運……あの交差点を「なぜ」通ったのか。

堂々巡り……もう、無意味だった。

思考をとめるには、見ないようにするしかなかった。

乱暴にページを閉じた。

八月……

思ったより軽症だった。指も違和感はあるが動くようになってきた。

ツーリングにも何度か誘われた。リハビリを理由に断った。

まだクラッチがうまく握れないと嘘をついた。

外に出るのが、何となく億劫だった。

見かねたあの娘が、海に誘ってくれた。

バイクで通いなれた国道を彼女の軽自動車でゆっくり走る。

バイクが何台も猛スピードで軒先（右）やどぶ板（左）からパスしてゆく。

無意識に右手が返る。掌に汗をかいていた。その都度、手をさすってごまかした。

「なぜ、あんなに飛ばすの？」また不意の問いかけ。

「なぜ？」と、頭の中で再び反復しそうな問いを、押さえつけて思わず言った。

「こっち側……」

「こっち？」……彼女には無意味な答えだった。

今までバイクで通り過ぎる時のブレーキングの目印に過ぎなかった海岸通のカフェテラス、気だるいシャーデーの曲、ゆっくり海を眺めながら、差しさわりない会話。

「バイク面白い？」また不意打ち気味に彼女が尋ねた。

「お、おもしろい。おっかないけど……」自分でも不思議なほど、素直に答えた。

「恐いの？……私にも免許取れる？」彼女が笑っている。

彼女の向こう、ガラス越しの海に、真夏の波光がきらめいている。


九月……


あの娘にせがまれ、気乗りしないままバイク屋へ行った。

質問攻めに、半ばうんざりしながら店内を見回す。

リアタイヤがやたらと太い一台のバイクに目が止まった。

アメリカンだが低く長い、今までのジャパニーズアメリカンでは考えられないスタイリング。

「エリミネーター……ニンジャ（GPZ）のエンジンで結構はえーぞ！」店の親父が言った。

「これナナハン？」あの娘が言った。

「でかいだろ？　ホイールベースはナナハン並み、ヨンヒャクだよ、ヨンヒャク」

最新のレーサーレプリカ並みのエンジンを積んだ誰にも似ていないスタイル。

歯を食いしばって何者かになりたいという不完全で荒削りなオーラを感じた。

まだ何者でもない自分……似たもの同士……不思議な共感（シンパシー）

シンプルに乗りたいという欲求が、自然にハンドルに手を伸ばす。

思念を察知するように、親父が言った。

「ひと回りしてくるかい？」

低いシートに腰を下ろす。意外なほど素直なポジション。クラッチを何度か確かめるように握ってみた。実にハンドルを握ったのは数カ月ぶりだった。

レーサーレプリカ並のエンジンとは思えない、スムーズでトルクフルな挙動。

中低速から重たい車体を過不足なくグイグイ引っ張ってゆく。

フロントもダブルディスクでジワッと安心できるストッピングパワーを持つ。

右コーナー、レーサーレプリカの感覚では曲がらない……。

少し後方に重心を確かめて、丁寧にブレーキングできっかけを作る。

ステップで重心を確かめて意識的に半身の力を抜く。

極太のリアタイヤにシャフトドライブからパワーが伝わりトラクションがかかる。

思ったより素直に曲がってゆく。

なによりも、運転していると視界が広がった。

タイトでスクエアだった街の風景が、丸みを帯びて繋がってゆく。

細い平均台の上を、目を閉じて駆け抜けることでしか確認できないと思っていた何か。

今まで、頑なに拘っていた、研ぎ澄まされてヒリつくような感情が薄らいでゆく。

治りかけた疵のようなムズ痒さを伴うどこか粟立つ懐かしい感覚、はじめてバイクに乗った時の気持ち？

あらためて想う、バイクとはこんなにも自由な乗り物だったのかと。

店に戻るとあの娘が笑った。

「似合ってるよ……いい顔」

どんなヘルメットが似合うだろう。

彼女を見ながら、ぼんやり考えていた。

紅葉の季節には、まだ時間がある。

そいつがシャープナーあるいはナイフだった頃

伍　ゼロハン——小さなファイター

大型バイク以外はバイクじゃないと言われたという記事をどこかで読んだ。複雑な気分になった。

より大きなものの優れたものを欲するのは人間の性だと思う（そう発言したライダーも、決して悪気はないと信じたいが……）かつては自分もそういう毒をよく吐いてた。

しかし、モノには様々な価値観があって、強弱（速遅）の記号（スペック）だけでしかモノを語れないとするならば、待っているのは獣《けだもの》の世界である（今、世の中が案外そういう方向に進んでいるのかも

しれない）

こんな思い出がある。

中型免許取りたての頃、勇んで峠に通っていたが、どうしても敵わなかったマシンがあった。

ゼロハンＣＢ50。

非力な４スト50cc（たぶん１２５ccか）どこをどうイジっているのか分からないが、平地でも結構速い。

しかも排気量の差で上りでぶち抜いても、下りではヒラヒラと必ず抜き返される（あと2ストのＲＺ50とかＲＧ50、それから宿敵！　Ｎコロ、スクーターも実際速かった……コーナーではずいぶんとカマされたなあ、どこまでも追いかけて必ずブチ抜き返した）

タイトコーナーをブレーキランプもつけずに曲がってゆく。

結局ペースを乱され、曲がりきれずコーナーの生垣に突っ込んだ人間数人（ヨンヒャクが多かったか自分含め）

その時期、峠のある区間では、最速だったのかもしれない。

はじめ「なんだあのゲンチャ（原付バイク）は……」と言っていたが、いつしか誰からともなく敬意を表して「ゼロハンライダー」と呼ぶようになった。

その「ゼロハンライダー」は俺たちがたまり場にしていたドライブインに立ち寄ることもせず、ただ前を通り過ぎるだけ。

「どこで見た」とか「誰それの知り合い」とか「ＣＢ１２５ＪＸのチューンエンジンだぜ」等、怪しげな情報しかなく、かといって追いかけて尋ねることもしなかった（当時車のステッカーチューンはよく見かけたが、バイクでは明らかに排気量以下のナンバー付過少スペックチューンをよく見た。

まさに羊皮被狼)

そのうち目の前を通り過ぎると、自分達も片手をあげて見送り、彼も時折返してくれる。

たまに見知らぬライダーが、猛スピードでゼロハンを追いかけてゆくと、「気の毒に……」とか「あそこで突っ込むぞ」とか、言葉は交わさずともローカル全員がゼロハンライダーを仲間だと認識していた。

結局、最後までどこの誰かは分からなかったが(仲間内で誰も知らなかったということは、随分歳上の人だったのか、だとすれば相当な腕だ。有名人かな?)

あの頃、峠という、速さが唯一の正義だった特殊な空間で確かにあった幻影《まぼろし》、小さなファイターたち。

最近ではスクーター以外のゼロハンのロードバイクをほとんど見かけることができなくなったが、稀に出会うと思わず片手をあげてしまう。

小さなファイターに、敬意を表して。

「ガイシャ乗り」でも
トライアンフは「トラ使い」と言っていた

六 ガイシャ乗り

休日、近くにあるバイク乗りには有名なサービスエリアへ立ち寄った。

居並ぶワンボックスカーから、笑顔の家族づれが降りてくる平和な風景。

その一画に、平和な風景に不釣合いな大型バイクの列が並んでいる。

世界中のメーカーからかき集めたような最新スーパースポーツの数々、本国真っ青のカスタムを施したアメリカンの一団等、さながらモーターサイクルショーの様相だ。

それを横目に、何となく場違いな感覚を覚えながら、少し離れた場所に駐車した。

缶コーヒーで一服……バイク乗り至福の時間、ぼんやりとその風景を眺めていた。

「ここ、いいですか?」と少し年配のライダー。

ゆっくり危なげなく、バイクを旋回させて俺のバイクに並べて停車させた。

しばらく無言で、その風景を眺めていた。

「いや、何となくあそこは場違いな気がしてね、こっちは同じ匂いがしたから」

独り言のようにポツリと言った。

「匂い」……。

本来マイノリティであるバイク乗りは独特の嗅覚で同族（トライブ）を探すのかもしれない。確かに思い当たるふしがあると、苦笑いした。

「ベンベ（ＢＭＷアールエス）ですね」

何となく、昔の呼び方でバイクを呼んだ（余談、Ｆ１タイレルも時代を経てティレルと呼び方が変わっている。俺の中では今でも６輪タイレルだが）

「ポンコツですよ、もう何十年になるかな」

決してピカピカではないが、一つひとつ丹念に磨きこまれ鈍い光を放つ金属パーツに、バイクに対する深い愛情を感じた。

黄色く変色した「Bayerische Motoren Werke」のエンブレムを指差して。

「腐れ縁というか、古女房みたいなもので、なかなか乗り換えられなくてね」

まるで言い訳をしているようにそう話すと、少し照れた感じで白髪頭をかいた。そしてねぎらうような眼差しを相棒（バイク）に向けた。

彼と相棒の無言の対話を、心地よい気分で横に感じながら、彼らの過ごした長い年月を想像した。

かつてガイシャといえばヤッコカウルを付けたショベル時代のハーレー、ドゥカの９００ＳＳやＭＨＲ（マイクヘイルウッドレプリカ）、メリデン工場最終期のトライアンフ（ボンネ）そしてＢＭＷ（ベンベ）

だった。

当時一度だけアマゾネスを見たことがあった。一車線いっぱいに走っていて、本当に走り去ること山の如しだった。今もでかいバイクは数あれど、あのオーラは特別だった。山道で突然恐竜に出くわしたような衝撃で、ポカンと見送ってたなあ。でもさすがに乗りたいとは思わなかった。あれは別物、タイヤの少ない車。それはめったに遭遇することなく、そのステイタス性は、感覚的にはスーパーカーに匹敵していたと言ったら大袈裟だろうか。

もちろん当時の若者には買える筈もなく、仮に買えたとしても未熟なライダーは乗って（買って）はいけないシロモノだった（人の格、背丈に合ったモノ……そういった不文律が確かに当時は存在していた）稀にツーリングで出会っても気後れして、間違っても勝負を挑もうなんて思いもしなかった。

ローカルの間では憧憬をもって「ガイシャ乗り」といっていた（完全に別世界の乗り物だった。しかし同じく外車でも相手が車の場合そうはいかなかったが……）

事実、ガイシャ乗り達のテクニックは一様に上手かったように記憶している。派手なライディングとは真逆の所謂白バイ乗り、当時重量級の車体をヒラヒラとまるで重さがないように扱う。教科書通りのリーンウィズ、しかもコーナースピードも決して遅くはない。エンブレ音も響かずスーッと曲がってゆく、回転が合っているのか立ち上がりのトラクションもしっかり掛かり、継ぎ目なく加速してゆく印象。そのほとんどがお手本のように優雅なライディングフォームをしていた。

そんなガイシャ乗りから、ピースサインをもらうと、なんだか認められた気がしてうれしくなったことを今でも覚えている（最近、ご無沙汰だ。確かにピースサインは当時も照れ臭かったのでキャプテンハーロック式敬礼だった）

そんな往年の「ガイシャ乗り」の姿が、目前の現実とダブって見えた。

「お先に」

ガイシャ乗りは、自分のバイクに軽く会釈して、ゆっくりバイクに跨った。そしてタンクを掌でやさしく二度叩いた（乗車する際の儀式だったのだろうか？　本当は違ったかもしれないけどバイクに会釈しているように見えたんだ）

ミラー調整、ギアニュートラル、イグニッション、優しくコトリと落とすようなギアチェンジ、その所作の全てが何の破綻もなく流れるように行われてゆく。頭の角度、肩、腕、腰、その全てが力みのない自然な収まりを見せている。所謂「乗れている」っていうヤツだ。

サービスエリアの合流へ、オーバーアクション気味に爆音を響かせながらフル加速する最新のリッターバイクを尻目に、今では控えめすぎる排気音を残し、最後まで威風堂々と騎馬武者のような凛とした姿で去っていた。

まさしく、人、馬、一体。

その姿を見えなくなるまで目で追っている、あの頃の自分がいた。

ベテランの「ガイシャ乗り」から「おなじ匂い」と言われたことを素直に誇らしく思っていた。

残像をトレースするように、いつもより慎重に所作を確認して、サービスエリアの合流にバイクを進めた。いつもよりバイクとの一体感を感じた。

空は五月晴れ。「どこまで走ろう？」

相棒《バイク》に聞いてみた。俺たちのオン・エニー・サンデーは、まだ始まったばかりだ（あの映画のマックイーンは本当に神だった）

「土曜ナナハン学園危機一髪」
ヒリヒリする言葉だけしか入っていない

七 ナナハン——なんと遥かな存在だったことだ

そしてナナハンライダー……なんという特別な響きだ。
十六歳（just a Sixteen）……免許をとれる年齢が来ると、元服のように当時の少年たちの通過儀礼が始まる（純粋なバイク好きに限ったことではない。当時誰もが、「免許を持つ＝モテる」というシンプルな思考が頭の中へなぜか刷り込まれていた）
「限定解除」すなわちそれは国内で販売される最大排気量「ナナハン」と同義語だった。
現在ではごくありふれている750cc以上の排気量を持つビッグバイクは、実際一部の限られた人間（恵まれたエンスーたち）が逆輸入（業者）という手段を使ってしか手に入れられなかった時代（あのガイシャとも同義語だったかもしれない）
通常は「原付」から「中型免許」を経て、当時は全く無謀（無理）とも思える「限定解除」へのステップに挑む（免許が全部付だった世代に、正直言うと逆恨みに似た感情があった……なぜ乗らないのかと）しかも！　女性を含め体が小さいという理由だけでさらに小型免許というステップを強要されていた時代だった。

ここで、ごく一部のバイク可という学校（もしくは社会人）を除いて、ほとんどのバイク不可の高校に通う学生達は最初のミッションに取り掛かる（最寄りの自動車学校、試験場ではバイク不可の学校の教員が入学者のリストを確認しにくるというのが、まことしやかにささやかれていた。見つかれば表向きは退学……実際は免許証没収卒業時渡しだったか？）県外の親戚を頼り、そこへ住民票移動、原付以上の場合、合宿免許（当然期間中はサボりか）か仲間からコース図を入手し、借りたバイクで練習後、一か八か一発試験を受けるかの二択だった（もっとも、平然と近くの自動車学校または試験場へ通う猛者や免許など必要なしという馬鹿モノもいたが……）

自分の場合は、合宿免許が取れるほどの余裕（時間的にも金銭的にも）もなく、かと言っていきなり中型免許を受けに行く度胸も技術すらもなく、無難に原付免許からスタートすることを選んだ。

原付とは言え、前述理由により最寄りで取るという選択肢もなく、ほとんど面識のない県外の親戚を頼り、菓子折を持って挨拶に行った（時代……といえばそれまでだが、当時ほとんど面識のない少年が訪ねてきても、何も言わずに快く受け入れてくれたおじさんはある意味本物の大人だったように思う。自分に同じことができるだろうか？）

ロクに高校の受験勉強すらしなかった俺は、己のやりたいことに向かって、はじめて参考書（免許対策問答集）というものを隅から隅まで読み込んだ。試験場に向かい、自分と同様にトサカ頭をした若者（バカモノ）たちと並んで試験を受けた。確か○×回答で余程のことがない限り、落ちることがない内容ではあるが、ボードに自分の番号が点灯した時は喜びもひとしおだった（それでも、点灯しない箇所があったということは中には落ちるやつもいたのだろう。確かにななめ前でしつこくガンを飛ばしてきたヤツは免許交付時にはいなかった。テストに集中しろよ）

その後、合格者のみ集められスクーター（確か黄色いパッⅡだったか）を前に簡単な乗車講習が行われた。試験前にはガンの飛ばしあい（遊び）をしていた同期も、みんな笑顔で素直にレッスンを受けていた。もちろん他県の人間が多かったが、その後の友も何人か出来た。

終了後もなかなか帰らず、他のバイク教習を見ながら「バイク何買う？」とか「慣れたら、中免取るか」とか「いきなりナナハン！　限定解除だろ？」等その日初めて会った連中がまるで昔からの親友のように談笑していた（金額ではなく、総合的にバイクの価値が今より高かった頃を知っている。だから余計にバイクを通じたいろいろな魔法を未だに信じているのだろうか？）

「またな、今度は峠で会おうぜ！」などと少しキザな言い方で、叶うことはない約束を交わして、それぞれ名残惜しく別れた（年月を経てその中にいた同期と峠で、しかも偶然にバトルを仕掛けられ再会して未だに連絡を取っている。これもバイクの魔法か）

免許の取得で俺の金脈は力尽き、当分バイクは買えそうになかった（しかし十分満足だったと思う。ニヤニヤしながら免許証の緊張した自分の写真をずっと眺めていた）

友人の新聞配達用カブで国道へ向かう、なんと大人びた誇らしい気分だろう……当然スピード厳守（もっともスロットルをあけても、たかがしれているがワイドに開けた時の加速感は後のガンマを超えていた）

時折、ジェントルに車に道を譲る。いつも自転車で通いなれた国道がいつもとは全く違った景色に見えた。中型免許を取り、それはそれで様々な風景に出会えたが、原付カブで走り出した時の景色に比べれば、それはどこか殺伐として味気ないものだった。

その後、限定解除にすすんだが、特に何かに乗りたいという動機はなく（ないわけはないか）、今思えば、中型免許を経て世間擦れした後の倦怠感を打ち破るため、己の精神的限定解除だったかもしれない。

実際、すでに峠では２５０ccが主流で、時には原付（スクーター）にさえコーナーでカモられるヨンヒャクというのが当時の認識だった。

そんな中、ナナハンはやはり別格だったと思う。

現在のリッタークラススーパースポーツのように、タイトコーナーでも楽勝なオールマイティーさはなかったにせよ、丁寧なリーンウィズでコーナーを攻めたナナハンに立ち上がりでぶち抜かれるあの感覚は、中型限定の我々にとっては異次元ともいえるものだった。

ヨンヒャクでツーリングに行き、突然の雨に田舎のトンネルで雨宿りをして震えていた時、一度は手を挙げて通り過ぎたものの、しばらくして缶コーヒー買ってまた戻ってきてくれた見知らぬナナハンライダー（確かシルバーのＣＢ７５０Ｆ？　タンクにBELRAYのステッカー、スペンサー仕様だったか？）

教習所に通い始めの取り回しで「倒れたら起こせるのか……」と正直恐怖を感じた事とともに、今でもあのナナハンライダーのことを思い出す（当時フル装備の教習ナナハンは体感的には２５０kgを軽くオーバーしたまさに鉄の塊だったが……握力筋トレのようなクラッチレバーの硬さには閉口したものだ）

しかし、自分が晴れて限定解除した時、ナナハンは往年の魔力を失いつつあった。
当時、国内で750cc以上（オーバーナナハン）の正式販売は行われていなかったが、折からのバイクブームで並行輸入業者がある時期から大量に900ccやリッタークラスの逆輸入車を市場に送り出し、巷にちらほら出現してきた、そんなタイミングだったと思う。
もはや憧れはナナハンからリッターバイクへと移行し、ガイシャですら、がんばれば手に届く位置に来ていたのかもしれない（所帯持ちになった今では逆にますます遠い存在になりつつあるが）
結局、自分はヨンヒャクは降りたが、あれだけ憧れていたナナハンを手に入れることもなく、縁《えにし》では、全くのノーマークだったスクーターのベスパを手に入れた（ベスパで2ストの味をしめてその次はRG400γwwを手に入れるという暴挙には出たが、あの時も結局ナナハンに縁はなかった。初期GSXR750とかFZ750等魅力的なナナハンがあったにもかかわらず）
時代は移り変わり、現在ではナナハンよりもリッターバイクやミドルクラス（600そして最近では250）が再び注目されている（今、ミドルクラススポーツバイクが見直される状況については正直ほっとしているが）
それでも「ナナハン」という響きは特別な魔力を放ち、トラウマにも似た決して手の届かない憧れの存在として、未だに心を熱くさせてくれる。
はたして自分に今後「ナナハン」に乗れる機会が訪れるのだろうか？
俺は変わらず、願い続けてゆくのか。「ナナハンライダー」がくれた、あの時の熱い缶コーヒーのような魔法を、自分を結びつける特別な縁《えにし》によって、再び「ナナハン」に、そして「男の光」に出会えることを。

『さらば青春の光』のエースを気取ってたなベルボーイ！

八　80sスタイルウォー――小さな町の闘争

八〇年代……かつてのモッズ対ロッカーズではないが、当時、確かに80sスタイルウォー（闘争）があった。七〇年代の湿った空気を吹き飛ばすように、ラジオからドナ・サマーの「オンザ・レディオ」が流れてきた。それから間もなく、ファンキーなブラックミュージックをもテクノ（ライディーン）の電子音がかき消して、そして、またすぐにユーロビートの洪水になった。

エイティーズの幕開けである。

様々のジャンルの音楽とファッションが一斉に飛び出してきた。

それは現在へ続く、スタイルのスーパーマーケット（お手軽ファッション）の幕開けでもあった。

中学へ上がった頃、ファッションといえば変形学生服（当時はそう呼ばなかったが）

ワタリの太さ、タックの数、玉虫の裏地等、完全に当時のヒエラルキーに沿ってステップアップする、現代では考えられない、まるで苦行のようなファッションの目覚めだった（プロスペクトのアウトローバイカーがフルパッチを目指し、見習いから行動や着衣を強制的に制限されているようなものだった）

私服に至っては、ブランド物かあるいは高価かくらいの価値基準しか持っておらず、近所の兄ちゃんからもらった、裏地がタータンチェックのライダースジャケット（ビニジャン……昔コントで泥棒が着てそうな）も、赤いスイングトップ（不良のアイコンだった赤ジャンパーのルーツは「理由なき反抗」か）も、中学生が軽く着れるシロモノではなかった。

ストリートには当時、明快な不文律が存在していた。実力の伴わないスタイルはもっとも軽蔑され排除されるべき対象だった（当時学生服を没収されることはあったが、九〇年代のスニーカー狩とは意味が違う）

はじめて変形学生服を堂々と着た時の誇らしさは今でも覚えている（当時は中ラン短ランがスタンダード）それは今の超高額なスーパーブランドのステイタスを超えていただろう（現在ではそれくらいしか例えようがないが）

元来スタイルとは命がけで行う、そういうものなのかもしれない（最近リアルクローズというファッション用語があるが、元来リアルはカッコ悪くてみっともないこと。要は中身か）

現在のように情報が簡単に入手できなかった当時、断片的な情報（テレビ、雑誌、口コミ）が世界のすべてだった（しかし、昭和の全国的な同時多発的なブーム、口裂女等の口コミの速さ、正確さはイン

ターネットなどがなかった当時を考えると驚嘆に値する。何故か遠く離れた地域でのチームの出来事とかも知っていた)

確かに今より正確な情報が少なかった当時、街には、おかしなファッションが満載だったといえる。頭はパンチパーマ(眉ナシ鬼ゾリ入)耳に安全ピン、DIYのボロボロなパンクファッションに女性物の網サンダル(当時、何故かそういうものも流行っていた)という、スタイルだけ見れば本家UKパンクを超えた凶暴極まりない姿の先輩もいた(彼はその後、長髪にしてヘビメタ、今で言うハードコアに鞍替えしたが、当時の金髪の長髪がどれほど恐ろしかったか。不文律でいえば間違いなく無敵のボスキャラクラスだった)

反面、かなり正確にフィフティーズファッションやオリジナルモッズのスタイルをしている高感度な連中もいた(かつて『はいすくーる落書』というテレビ学園ドラマがあった。ステレオタイプの内容ではあったが不良のバラエティという面では近いものがあったか。ビーバップ世代とよく誤解はされるが少し違う。)

高校に進み、さらに色んな地区からの連中が集まると、その情報量は飛躍的に増えた。

本格的な闘争(スタイルウォー)の幕開けである(実際少し田舎の奴らの方が逆に高感度な気がした)

中型免許を取り、はじめてのヨンヒャクを中学の先輩から譲ってもらったこともあり、自然とその先輩のチームとつるむことが多くなった。

当時チームといっても厳格なものではなく、まだまだ牧歌的でただのバイク好きが集まっている、和気あいあいとしたものだった(出身中学卒業生を中心とした集まりみたいな感じだったと思う)

いわゆる頭数(バイクを持っている学生は少数だったため)として何度か集会にも誘われていた。

自分はどちらかといえばその頃「走り」の方に興味があったため、バイク屋や峠で、もっと年上の走り屋連中とも、それはそれで交流があった（その時はまだチーム自体も軟派の部類だったのだろう。後に自らを武闘派と名乗るようにはなるが……）

しかし、バイクはそれ系（シートが跳上がったＦＸ）の車両だったので、チーム同士のその手のトラブル（小競合い）にはよく巻き込まれていた（軟派ゆえに硬派なチームからすれば目障りだったのだろう）。

そんなことが度々あり、先輩からも「そろそろ（正式に）入れば？」と勧められたが、特攻服（当時は簡単に刺繍が入った紺色作業服）やチーム名のステッカー（三千円だったか、外野は五千円）を貼って、集団で流すことがあまりかっこよく思えず、しばらくはあいまいな態度で過ごしていたと思う。

そんな関わりが正直面倒になってきた頃、例のライダースやスイングトップをもらった近所のペンキ屋の兄ちゃんとばったりあった（その時、シブいオバフェンをつけたライン入りのサバンナＲＸ３に乗っていた。まるでアメ車のようだったなあ）

まだ校内暴力で荒れていた時代、落書きだらけの国道、何故かうちの近所だけ落書きがなかった。それは当時の不文律、ペンキ屋には喧嘩を売るな！　の意味であった（当時の塗料は現在禁止の有害物質トルエン等が多量に含まれていたため、いろいろな意味で危険）

彼とは俺が小学生から顔なじみで俺にはただの気のいい兄ちゃんだったが、強者ＯＢの一人で、その地区のチームの相談役みたいなことをやっていた（当時は結構そういう大人がたくさんいたと思う）

ペンキで汚れた白いつなぎにプロケッズ（コンバースでないところがミソ）長めのグリースヘッド（黒バラポマード）にレイバン（いつもは45度メガネ）前歯が一本ないことを除けば、実在する（俺の）最初のヒーローだった。

いろいろ話をしていると、兄ちゃんが所属しているというミーティングに遊びに来いと誘われた。
後日、待ち合わせた埠頭に行くと当時では珍しいアメ車のスポーツカー（カマロベルリネッタ？だったか）やこれまた珍しいハーレーローライダーの前で、赤いスイングトップや赤白ボーダーのシャツ、革ジャン（本革）や袖をカットオフしたジージャンを着た集団が談笑していた（黒バラポマードのバニラみたいな匂いが充満していた）
自分も兄ちゃんからもらった赤いスイングトップ（確かトロイかパイプマークが付いていた）をちゃっかり着込んで、愛車のフェックスで恐々乗り付けた（さすがにハーレーの横は気後れして一番端に止めた）
国産車もハコスカやZ、単車もZ2やCB750k初期砂型等、今思えば本当に夢のような空間だった。
「キミキミ、高校生？　フェックスじゃん、かっこいいねえ」と半分冷やかし、半分イジメのようなかわいがりを受けてその空間を楽しんだ。
誰かが持ってきたラジカセから「ロックアラウンドザクロック」が大音量で流れてきた。みんなに誘われ、見よう見まねでその輪に加わり、初めてツイストで踊った。
学生の狭い了見から、完全に世界が広がった瞬間だった（自分以外、全員が大人に見えた。踊りはしたが所謂ローラーとも違ってお洒落な大人の集まりだった）
帰りも集団で走っていると、イカツイ黒塗りのクルマですら道を譲った（実際、強面に見えた向こうの方がペコペコ挨拶していた。本当にカッコイイ大人達が上にいた時代だ）
最高だった。

その後もそのミーティング活動（ボランティア活動で駅前の掃除等）に何度か参加しているうちに中学の先輩のチームからはなんとなく距離を置くようになった。

それから、チームメンバーと会ってもなんとなくバツが悪く、ますます疎遠になった。ついにはバイクですれ違っても挨拶も交わさなくなったと思う。

そんなある日、中学時代の先輩達からいきなり呼び出され、いわゆる「ヤキ」を入れられた。元々、その外見とは正反対のやさしい先輩だったが、代替わりして幹部になったことでチーム内のケジメが必要だったのだろう。

その頃チーム抗争（本人達というより外野の大人達）が激化し、チーム自体も以前の雰囲気ではなく、外部内部の粛清もあり、それから殺伐とした方向へ進んでいったと思う。実際何人かの仲間がそこから去って行った（組織の宿命だが一般企業においてもリーマンショック時は外圧により同様の状況になった。経験者談）

「集会来ねえならステッカー剝げよ。目障りだからフェックス乗んなよ」と相当理不尽なことも要求された。

それから、その先輩とは疎遠になったが、今思えば、俺を巻き込まないための先輩なりのやさしさだったように思う（お互いもういい年、アラウンド50、随分前に名前変わったとか。元気にしてるのかな？）

俺が顔をライオンのように（本当に顔のパーツが全て腫れてくるとそう見えるのだ。最近そんなの見ないな）腫らしていた時、またペンキ屋の兄ちゃん達とばったり会った（今度は同じくオバフェンダルマセリカに乗っていた）

「ずいぶん男前になったねえ。よっ、ライオン丸！」いつもと同じようにからかわれながら、突然聞かれた。「で、誰にやられた？」笑っていた兄ちゃんの顔から一瞬で表情がなくなった。

それは今まで俺には見せたことがない、現役時代を髣髴とさせる、それはそれは恐ろしい顔だった

（一瞬でこれは大変なことになる……真実を語れないことを悟った）

「オメエはオレラのツレ（親友）だと思ってるからよう、なあ教えてくれよ」

隣のキャッツアイ（サングラス）のジョニーがやさしく肩に手を回した（兄ちゃんのツレで本当にジョニーと呼ばれていた。本名不明、当時は横文字の名前の人が結構いた）

兄ちゃん達、いつになく本気（マジ）だ。

自分の範疇を超えた空恐ろしさでその場で黙ってうつむくしかなかった。

「まあ、いいよ。最近ガキどもが騒がしいからよ。まあ何かあったら言ってきなよ」（すごく意味深な感じで言った）

と元のやさしい顔に戻った兄ちゃんが抜けた歯を見せて笑った。

「あの、フェックス誰か買わないっすかね？」思わず、そう言ってしまった。

先輩に乗るなと言われたことも関係あるかもしれないが、何故かフェックスから興味が失せていたのは事実だった。

「あれれ、エフペケ（ＦＸの意）、売っちゃうの？　オトナになったってこと？　了解！　ＯＫ！　キイテオクヨ！」

兄ちゃんは今でいうラップのように畳み込むようなリズムで答えた。

それから、しばらくして兄ちゃんから連絡があった。

「エフペケほしいヤツみっかったよ、そいつキャッシュがなくってさ、交換（バイクの）じゃだめ？」

と言ってきた。

「何のバイク？　ヨンヒャクですか？」

「いや、50cc、100かな？　スクーターだよ」。少しトボけて言った。

「ごじゅう！　原チャリ？……トホホ……」

「今、こっちにあるからさ、エフペケ乗って見に来れば？」原チャリを押し付けられそうで、嫌な予感のまま近所のペンキ屋に向かった。

「よお、Vespa知ってるよな？　オマエ、スクーターといってもイタ車だぞう！」。兄ちゃんが笑って言った。

そこには、独特のオーラを放った、珍しいペパーミントグリーンでピカピカのベスパ（実際はさらに珍しい100ccだった。原付ナンバーだったが）が鎮座していた。

俺は一瞬で、グラマラスなヒップスタイルを持つその淑女に魅了された（その淑女は2スト特有のピーキーなジャジャ馬だった。以後、その奥深さにどっぷりハマってしまうのだが）

「車両自体はベスパの方が高いけどバーターでいいよ、FXの名義変更こっちでやっとくから！」と慣れた手つきで車検証を確認していた（確かに気に入りはしたが、あれだけ間髪いれなかったということは多分もうFXの売先は決まっていたのだろう。今思えばペンキ塗りたてVespaの素性も相当怪しい。修理に出した時、無理やりエンジンスワップしているとバイク屋に言われた。当時彼は、怪しい物を何でも転売して稼ぐ仕事もしていたのだ）

「アメグラみたいにようう！　ビシッとリーゼント（当時は原付ノーヘル可）して乗ったらモテモテだぞ

う!」

兄ちゃんは抜けた前歯を見せて笑った（確かに映画『アメリカン・グラフィティ』に出てきたベスパには痺れたな）。

「オマエやった奴、このエフペケの元持ち主だろ？　ここに住所もバッチリ、名変あるしサービスでシメとくよ!」

また、車検証に目を落としながら冗談とも本気とも取れない、まるで業務連絡のようにさらっと言った（不良の情報ネットワークはいつも迅速だ。いつの間にか裏を取ったのだろう）

実際、腹が立たなかったといえば嘘になるが、黙ってやられることで自分なりにケジメをつけたつもりだった。正直、複雑な気持ちだった（理不尽ではあるがヤキとイジメは意味合いが違う気がするうまく言えないが）

無言で微笑を返したが、心の中では「シメル？　先輩、大丈夫かよ?」と逆に身を案じる自分がいた。

ベスパを手に入れてからというもの、兄ちゃんに教えてもらった通りの姿「クリソー50ｓスタイル」（50Ｓといってもドクロタグのアイテムを着ただけの変形学生服の延長だったが）をしてベスパに乗り、女子高の前を何往復もした（ほとんど無視されて、言うほどモテたためしはなかったが……）

時折、ベスパを止めて映画『ラブレス』のオープニング、ウィレム・デフォーばりに櫛で髪型を整えたりもした（傍目には派手な原付に乗った、ただのヤンキーにしか見えなかっただろう。しかし『ラブレス』はシブかったな）

そうこうしているうちに、同じベスパ乗りの知り合いも増え、交友関係も地元から街中へと変わった（このあたりで所謂オシャレというものに目覚めた気がする。当時ディスコでもよく入店拒否喰らってた）

その中で古着屋の店員をしているモッズ系のヤツと特に仲良くなり、ヤツの店によく行くようになった。

ある日店長のウンチク（ファッション講座）を半日聞いた上で、割引価格（社販、ヤツの入れ知恵）黒人シンガーが着ているような玉虫色のコンポラ（細身の物はすべてそう呼んでいた）スーツを手に入れた（今思えば、ネットもない時代、海外ファッションや映画、音楽のトレンド最新情報はショップが一番早かったように思う。その頃日本上映がなかった映画の海賊版を店のビデオで見ていた。当然字幕なし）

そんなある日、一張羅のコンポラスーツを着て上機嫌で一人国道を走っていると、後ろから六連ホーンや直管マフラーのアクセルコール（当時水戸黄門コールとか流行ってたな）が聞こえてきた。

道は町はずれの高速インターチェンジへ続く人気のない一本道、アクセルをワイドに開けてみたものの、実際逃げ場もなかった。さながら映画のワンシーンのようにあっという間に紺色の集団に囲まれ、周りに空ぶかしで威嚇されながら少し併走すると、後ろから来たシャコタンのセドリック（330だったか？　430だったか？　流行りのクレーガーホイール？　当時の日産はアメ車っぽかった）に行く手を阻まれて、道路から歩道に乗り上げしかたなしに止まった（知った顔もいたが、ほとんどがプロスペクトに替わっていた）

「ひさしぶりだな」とバンソウコウだらけの顔で白い特攻服を着た先輩がゆっくり後部座席から下

りてきた（……マジ？　サービス早すぎ……正直兄ちゃんが恨めしかったが、心のどこかではいつかこうなると覚悟していた）

「最近顔見ねえけど、背広なんか来て漫才師にでもなったつもりかよ」連中と一緒に、少し大げさに笑った。

「テメエには関係ねえだろ！」（初めてのタメ口、当時直上は絶対的存在、もう後戻りできないということだ）と行こうとする俺の横っ腹に、いきなりゲソパン（膝蹴り、ちなみにチョーパンは頭突き）が来た。

ベスパに乗ったまま横倒しになり、後は所謂タコ殴りというやつだ。

その時、俺は無数の足に蹂躙されながら、痛み（や恐怖）より一張羅のスーツが汚れることの方がなにより気になっていた（コンポラスーツではあるが、一丁前のモッズ気取りになっていたのかもしれない）

「もう、それぐらいでいい……」先輩の声が聞こえた。腕で（顔を）かばった隙間から先輩の顔を見上げた。

いつになく気弱で、さびしそうな顔に見えた（先輩、たくさんに囲まれてはいたけれど一人ぼっちに見えた）

「原チャリなんか乗って、イキがってんじゃねえぞ」

最後に誰かがそんな捨て台詞を吐いて、その集団は去って行った（ボッケン持ってても使わなかった。今は無勢にもすぐ道具出すんだろうけど、当時の不良少年の仁義か？）

「原付じゃねえっつーの１００だよ！　ひゃくしーしーだ馬鹿野郎！」ひとりごちた。

体のあちこちは痛んだが、大したことはない。ふとスーツの肩口を見ると破けた隙間から白いパッドが見えた。不思議と笑いが込み上げてきた。

ポケットから折れ曲がったマルボロ（煙草）を一本出して、火をつけた。

咥《くわ》え煙草のまま、しばらく仰向けになってウロコ状の雲を見ていた。

倒れたバイクに気づいて徐行した車から「大丈夫か？　救急車呼ぼうか！」という声が聞こえた。

手を挙げて「大丈夫、大丈夫！」と笑って答えた（携帯のある時代ならば即通報だったな）

「よっこらせ……と」ベスパを起こした。左ハンドルの先っぽ、ウインカーのカバーが割れていた。

曲がったステー越しの電球は、なんとか大丈夫だ（ウィンカーは〈場所的に〉何度もぶつけて壊した。

当時パーツも高額だったので結局修理せず手信号だった）。

またがってキックスターターを踏み下ろすと、腿のあたりが少し痛んだ。

あたりにパタパタと2ストロークの小気味いい排気音が響いた。

「さらば青春の光かよ！」またひとりごちてみた。

ボロボロのスーツとバイク、自分でも不思議なほど晴れやかな気持ちだった。

先輩の好きだった曲、ルースターズの「レッツ・ロック！（日本語版）」をめちゃくちゃな歌詞で歌いながら、そのまま、海が見えるまで走った。

♪DAN DAN（繰り返し）
真黒にうめつくされて、ブルーな気持ち張り詰めた
奇妙で不思議な気分は憐れんできりがない
さび頭にはあきあきしたぜ、鼻をつく汗くささ
汚れてカビだらけの偏執狂はうんざりさ
HEY JERRY どうしたんだい
髪の色はすっかりはげ落ちて
新しいスーツはボロボロだ
こわれた目玉でギョロギョロ
ああ ああ 退屈だぜ！
♪DAN DAN（繰り返し）
血の気たっぷり右に寄って
優柔不断の左向き
真実にかためつくされ
あやまちに色どられて
あいつらにはもううんざりだ
これ以上なにもいらないぜ
やぶれた脳ミソぶらさげて
キ○ガイはたくさんだ！

HEY BABY 聞こえるかい
ブリキのプライド背中にはりつけ
たのしもうぜスペシャルライフ
今、素敵な方を選ぼうぜ！
Let's go out on a weekend
Let's jump over the wall
Let's dance, and shout, and shake!
Let's catch the empty shock　（当時ダビングテープで聞いた歌詞、後に発売中止になったとか）

峠でUターンして、海沿いにベスパを止めると、風が止んだ（結局、映画のようにはいかなかった。

崖からベスパを落とせる筈もなく……）

「大学……か」ふいに担任が進路相談で言っていたことを思い出した。

マルボロ（煙草）を取り出したが（ベスパのかわりに）吸わずに箱ごと海に投げた。

「ベルボーイ！」（あの映画でジミーがエースに向かって叫んだ青春と決別した言葉）

再び走り出した頃には、まだ生ぬるい潮風の隙間から、もう秋の匂いがした。

フェアリング（ビキニカウル付）だね完全に

九 苦行——カスタムという終わりなき憂鬱《ゆううつ》

最初にカスタムをした（目覚めた）のはいつの頃だったろう（思い起こせば、それははるか昔にさかのぼる）

おさがりでピンク色の補助付き自転車に乗っていた時分、雑誌の広告に出ていた「宇宙戦艦ヤマト」の自転車がほしくてたまらなかった。

画用紙とセロハンテープでハンドルにヤマト船首と波動砲をどうにかこしらえた。

雨が降り、エネルギーを充塡することもなく（もちろんイスカンダルに行くこともなく）俺の宇宙戦艦（ヤマト）は無残に朽ち果ててしまった。

それから時が経ち、スーパーカーブームの真っただ中、スーパーカー消しゴムとボクシーのボールペンが俺たちのマストアイテムであった。

ベーシックな遊び方としては学校の机にコースを作り、ボールペンのノック部分ではじいて遊ぶのだが、何度もやってゆくうちに消しゴムのタイヤ部分が摩耗し、滑りやすくなる（実車と一緒）同時にボールペンのバネがヤレて弱くなるという事態に陥る。

今思えば、現在まで続く「憂鬱」あれがカスタムへの入り口だったかもしれない。

そのタイミングで消しゴムのタイヤをやすりで荒らし、ストッピングパワーを強めるヤツ、逆に蠟を塗りこんで滑りやすくするヤツ、カッターで肉抜きして軽量化するヤツ等、教室がさながらレース場のピット状態だった。

ボールペンカスタムに関しての定番はバネを伸ばし力を強める、さらにバネの二重付け、三重付けをするヤツもいた（三つもバネをつけると、もはや小学生が指で押すこともできない。全体重を乗せて押した挙句、ボールペン本体を破壊するというケーススタディだった）

一番盛り上がるのは、いわゆるデストラクションダービー（机から消しゴムを落としあいするゲーム）だった。ルールは簡単、落とした方は消しゴムをゲットできる。中には同学年の消しゴムをことごとく落とし、クッキーの空き缶いっぱいに集める強者がいた。

結局はブームの常で、あまりに加熱しすぎると必ずトラブルが起きる。奴はそのせい（勝ちまくるせい）で同級生から総スカンを食らった（しかし、小学生という生き物は、本当に無邪気で残酷な生き物だ）実はブームが去ってからヤツに当時の必勝法を聞いたことがある（ブームの最中はマシンに絶対触らせてくれなかった。確かに俺も自分のバイクを勝手に触らせやしない）

基本的にはコース取りがうまい（完全に相手のミスを誘えるぎりぎりの位置を研究していた）消しゴムに錘《おもり》（カミツブシという釣用極小鉛）を小さなそのボディ下部へ、多いときは四カ所も仕込んでいた（しかも後ろのデッキ部分だけ錘を仕込んで、ノーズに当てられても錘を軸に回転し相手の方が落ちてしまうというスーパートリッキーマシンもあった）

はっきり言って、ただただ感心してしまったのを覚えている。奴は完全なコース攻略とマシンウェイトを巧みにコントロールし、完璧な戦略を立てて臨んでいたのだ。小学生レベルの浅知恵で、そもそもはなから勝てる勝負ではなかったということだ。

どうやら、そのあたりが本格的なカスタムの胎動のような気がする（ヤツに奥深さを教えてもらった気がする）

実際の乗り物としては、小学生唯一の足チャリンコ（自転車）、これがカスタムの素材だった。

自転車といえば、三輪車から始まり補助付き自転車を経て今ではマウンテンバイクといったステップだろうか。おかしな話だが、当時は現在より選択肢が多かった気がする（ヤマハのサス付モトクロス自転車もあったたな）今のように子供向けで軽量高機能な自転車はもちろんなかったが、今でいうデコチャリのような満艦飾でフラッシャーや車のようなシフト、スピードメーター等を装備したジュニアスポーツサイクル（仲間内ではスーパーカー自転車とも呼ばれていた）という今はなきジャンルがあった（そういえばデコトラならぬデコチャリカスタムというジャンルがあると聞いた。美意識？はさておき、それを全く否定する気持ちにはなれない。きっと話を聞いてみると面白いはず）

俺がやっと買ってもらったジュニアスポーツサイクルは、ルマンのポルシェ（モビーディック）と同じ、マルティニカラーでリトラクタブルライトを装備していた（ランチア・ストラトスのような緑のカラーリングと、どちらにするか相当悩んだ記憶がある……以降、物を選ぶため、あんなにも悩んだことがあっただろうか？　結局持っていたラジコンのポルシェと同じ色にした）
　自慢げに乗っていて、しばらくすると友達が車のような五段マニュアルシフト（しかも電動変速）を装備し、リトラクタブルも電動開閉する最新機種に乗って現れた（実際、電池が切れると何もできなくなる）
　リトラクタブルでもワイヤー操作の俺のマシン（自転車）はわずか半年もたたないうちに、既に時代遅れになってしまったのだ（当時、メーカー新製品開発競争のガチンコ勝負は本当に面白かった）
　正直、強烈な敗北感を感じた。
　巻き返すためにはさらに上をゆく最新機種を手に入れるしかなかったが、これからのお年玉全額＋無期限お手伝いという無謀な条件で買ってもらった以上、いまさらそれは無理な相談というものだった（実際、親というものは一年くらいではまだ新品だと思っている）
　俺はヤツを出し抜くために、考えた。そしてひらめく。
　まずはリトラクタブルをはずし、上下逆（下開き）につけてみた（カッコイイ！　しかも半開きで乗っていた）
　さらにテールランプの位置、シフト位置をことごとく変えてみた（スーサイダルシフト並みに乗りにくい。ラインやワイヤーが干渉して移設する位置は限られたが……それでもほとんどの定位置を変えたと思う）
　元々ついていたローハンドルをはずし、母親のママチャリについているアップハンドルを移設してみた（グレイト！）

そこには、どこにもない、誰にも似ていないクールなチョッパーが完成したのだった。
そのマシンを駆り、勇んで遊びに行った。行く先々でその異様な姿を見て大爆笑されたが、一部には俺もやりたいというヤツも現れた（その場で工具を借りてきてやり始めた）
類は友を呼ぶ（これは今でも変わっていない気がする）というが、カスタム自転車を通して知り合いがどんどん増えた。
少し年上の知り合いから、ハンドルを絞ってさらにタイトにさらにアップする方法を伝授されたりもした。工事用シャベルの持ち手、三角の部分にハンドルを通し、テコの原理で曲げてゆくのだが左右対称にするために何度も調整を繰り返して最終的にハンドルを折ってしまう（うまく曲げても皺の部分からメッキが剥げ、最終的には結局錆びて折れるが）
しかし、これも繰り返しているうちに熟練してきて最終的には、砂を詰め、たき火でハンドルを熱して赤くなった所を曲げるという、思えば、ＰＯＰ吉村のおやっさん（ゴッドハンドが手曲げショート管を作るが如く）と同じやり方をしていた（危険な行為だが当時の大人は「ちゃんと火消せよ」くらいでなにも言わなかったな）
さらには、同じやり方で荷台後部をカチあげ、後年出たＺのカスタムテールカウルのような美しいラインを出している少年ビルダー（職人）もいた（俺のカチあげた荷台もヤツの作品だった。その後やっぱりその道に進んだが）
おこづかいを貯めては泥除けやタイヤの芯に巻きつける円形たわしバックミラー等、カスタムパーツをどんどん増やしていった（モッズのフルドレスベスパみたいなヤツもいた。奴ならばデコチャリの気持ちがわかる筈）

さらに時が過ぎ「カマキリ自転車」というファクトリー製チョッパーのようなメーカーモノの自転車が出るのだが、そんなものには目もくれず（吊るしはなぜかクールと思わなくなっていた）我々はママチャリ（当時は超クール！）を素材に変えてカスタムに勤しんでいた（既にビート、ヨシムラ、モリワキ等のステッカーを貼ってたな）

それから、ごく自然な流れで現在のバイクカスタムに移行したと思う（チャリ仲間の何人かはそのまま流れた）

こうして自分のカスタム遍歴を振り返ると、半世紀近くたった今でも一貫した美意識が垣間見れるのが興味深い（初期衝動だった宇宙戦艦ヤマトの波動砲は、フェアリングに姿を変え、俺のＶｍａｘにもついている。常時エネルギー充填１２０パーセントだ！）

終わりなきカスタムというのは、人間はなぜ生きるのか？　という問いにも似て、本当に苦行のような憂鬱で業が深いことなのかもしれない。

しかし、人間は自分が美しいと思うものに向かって生きること（あるいは死ぬこと）が一番幸せなのかもしれない。

俺は今も変わらず、苦行（カスタム）を続けている。

決して完成しないと、わかっているものに向かって。

国鉄服というのがパンク　当然ラストはブラスト

拾　あとがき——捨身供養《しゃくしんくよう》「真実」と「与太話」のはざまで……

〈捨身供養《しゃくしんくよう》〉……仏教用語　わが身を捨てて恩報供養すること

かれこれ一年「パニック障害」という事件の中にいる。

医者からは、好きなことを好きなだけしてよい（いやなことはしなくてもよい）と言われ、それが実際「やれない」苦しみというのを初めて知った。

韻をふんだ、まるで禅問答のようだが、今まで人から「やるな」と言われて「やった」ことはいくらでもあったが「やってもよい」ことを「やれない」ことというのは禁じられたことをやる「快楽」

とはまさしく対局の状態といえる（しかし、先が見えない「お預け」というのは、対局というよりもさらに始末が悪いかもしれない）

「好きなことをする」というのがミッション（治療のひとつ）のため、ともかくバイク以外の安全かつ「好きなもの」を探さなければならなかった。

他にも趣味はいろいろあったはずだが、パニック障害において、ことさら安全な趣味というものが少ないことに気づいた。しかし、どうしても「できない」と禁じられたことがなおのことしたくなるのが、人情というものであろう。

この際、今まで買いためたバイク雑誌やDVD、ケーブルテレビのバイク番組を片っ端から見ようとも思ったが、かつて事故で入院していた頃にその行為が自分を満たしてくれないことについては既に経験済みだった。

そうなるとさらに「やることがなくなる」が、これが「やりたくなくなる（虚無）」に変わる前に何とかしなければならないことも経験でわかっていた。

何事も強迫観念に駆られては元も子もないが、何もすることがないと人間過去を振り返ることくらいしかできなくなる。

そして「インプットがダメならばアウトプットか」（押してもダメなら引いてみな）というわけで、バイクを通じて過去にあった出来事やその時感じたこと、経験したことをアウトプット（書出）してみたら、過去を振り返るという後ろ向きな行いも前向きなベクトルに変換できるのではないかと考えた。

要するに「実際に走れないのであれば、ペンを使って頭の中で走ってみるか！」とカッコをつけてみたわけだが、昔から走れない奴ほど、口で走るもの（口だけレーサー）と相場は決まっている（だからちっとも、カッコよかないが……）

実際、パニック障害の発作以外の時間は、以前と同じ、まったくの健康体である。

普通、抑うつ状態の睡眠障害、摂食障害等も併発するらしいが、自分の場合は早寝早起き、食事も三食とれている分、以前よりもムダに健康体なのかもしれない。

そして、いわゆる体が（ムダに）健康でメンタルが不安定というのはまさに「思春期（青春）そのものの状態ではないか」ということに気づいた（青春そのもの……とオヤジがいうのも気持ち悪いが、一般的な思春期メランコリアの理屈としてはそうだと思う。ただ青春というものが未だに何だったのか良くわかっちゃいないが）

そのせいかどうかはわからないが、書き出してみると長いサラリーマン生活の中で普段忘れていた（そっち方面の思考を、あえて停止していたというべきか？）かつての出来事（思春期にありがちな溜っていたもの）が次から次へとあふれ出てきた。

（ト書き）が多いのも一行を書く間にまた違う思念が仕掛けてくる。まるで記憶とドッグファイトしているようだった（だから非常に読みづらいでしょ）

また、書きながら気づいたが、雑誌等を買う時、ここに書いてあるような忘れ去られていた八〇年代の断片に少しでも触れていたら、多少高くても買っていたということがわかった。

結局、知る、買う、集めるという行為は、自分の中にかつてあったが、いつしかなくしてしまったスキマだらけのジグソーパズルのワンピースを、その都度集めているのに等しい行為なのかもしれない。

哲学に出てくるイデアを例にしたが、人は決して完成しない、美しいと思うものに向かって膨大な時間と金を使い、まさしく自分のココロのために補完していっているのだろう。

何篇か書いてみて、古い友と当時の事柄について思い出話をしてみた（古い話するようになるなんてよ、お互い歳くって弱気になったもんだ。と友は少し寂しそうに笑った）

おおよそ概要はあっているものの、ディティールに関しては、お互いにかなり意見の相違があった。そのことには少なからず愕然としたが、どうやら時間は記憶を美化してゆくようだ。

信条とは矛盾しているが、そこに悪意はないにせよ、知らず知らず、人生経験を通じて己の記憶さえ都合よくカスタムしてゆくものらしい。

確かに、つらい記憶を当時の衝撃そのままに、ずっと背負っていかなくてはならないとするならば、それ以上に救いのないこともないだろう。

歴史というのは移ろい、時がたてばその時どきの為政者（権威）によって都合が悪いものは消され、それが歴史として正当化される。

イデオロギーについて特に主張はないが、政治的な茶番や姑息なサブリミナルを用い勝者の理屈で真実が歪曲された歴史を後世に伝えることに対しては、断じて承服できない。

（特攻隊の生き残りが、終戦後遺族の家を廻り戦友の最期を伝え歩いたという話を聞いたことがある。その人も歴史が既に歪曲されたものだとしても、実際に自分が生きた時代はせめてそのまま語り継ぎたいと思ったのかもしれない。自分もそういう男でありたい。心から）

しかし、最近のメディアに出てくる八〇年代の姿というのはステレオタイプのまるで見当違いのものの方が多い（あくまで、自分が生きた八〇年代という意味においての見当違いだが……）

今流行の80sビデオクリップに出てくるような、当時から特殊なファッションを懐かしいかと言われても実際ピンとこないし、漫画のような長ラン着た奴も大学の応援団くらいで周りにはいなかった。

また、ステレオタイプの成金達がバブルにまみれているような描写に対して共感する所はどこにもない。もちろん、その時期は確かに景気が良かっただけに、様々なメーカーが商品開発や販売促進の面で合理性以外のロマンチシズム的な冒険ができた時代だ（確かにニューロマンティックスブームもあった）そのおかげで八〇年代特有の「キッチュな多様性」を存分に享受できた側面もある（CMですら当時は芸術性の高い作品が多かった。今は無き煙草のCMも良いものがたくさんあったな）

ゆえに今の自分があり、こんな内容の駄文も書けるのだが、結果としての「バブル」という言葉は理解しても、その経済的失策のみを理由に、そこで生まれ出たもの達をも、バブルの反省に対する、まるでスケープゴート（戦犯）のように扱い、スマート、エコロジーという旗印のもとに、本来罪なきもの達をも時代の闇へ葬り去る風潮は理解に苦しむ（エコロジー自体を否定するものではないが、なんでも度が過ぎると薬も毒になる例えもある）

今の企業においても、自分の世代を含めバブル期入社の世代が最大のリストラターゲットと言われている（俗に言う、かつて新人類とかジェネレーションX《エックス》と呼ばれている世代だ）

しかし、その世代で間接的ではなくバブルを享受できた者がどれほどいるというのだろうか（自分も含め、周りに金銭面を直接享受できた者などいなかった。景気が上向いた時、恩恵を受けるのは既に金を持っている今も昔も1％erだ）

バブルで大勢がきらびやかな世界を享受しているのを知りながら、底辺にいたマイノリティの気持ちを考えると、不景気な今より、むしろその落差に苛《さいな》まれた分、酷なことだったと言えないだろうか。

その上、リストラでバブルのツケまで負わせるなど、だいたい男子たる者のやる所業ではない（そういう流儀が実社会的に自分を遠回りして歩かせている理由のひとつではあるが）

また、若い世代も「ゆとり世代」という身勝手なレッテルを貼られている者達がいる（そもそも、ゆとりの何が悪い？　逆にタイトな状況を好む性癖があるとすればそれこそ病気だ）

強制的に「ゆとり教育」というものを受けさせられた彼らにとって、それが「ゆとり」に成り得たのか？　当たり前だが、その世代でも「ゆとり」に関係なく今現在でも必死で生きている連中だっている。

そんな彼らを前にして、まとめて「バブル世代」とか「ゆとり世代」とステレオタイプで括れるだろうか（どうせならバブルを「ロマン派」、ゆとりを「スローなブギ」だなくらいの洒落っ気はないのか）なにより、時代や歴史に敬意を払わないことは自分自身そのものを否定しているようなものだと思う。

しかし、どう足掻《あが》いたとしても、いつの世も時代が決めたスケープゴートというのは排斥される運命にあるのかもしれない（負け戦さを応援する判官びいきの美徳はどこへいったのか？）

だから余計に、誰からも見向きもされず、時代の波間にボロ布のようにしがみついている必死な真実、忘れ去られていた「かつて、たしかにあったもの」を見つけると、それだけで大枚はたきたくなるのかもしれない（それが消え去るその前にせめて自分の中だけにでも焼き付けたかったのかもしれない）

また、ローカル（局地的）なもの、瞬間的で記録に残らないものに関して、他にないのであれば、こうして記憶を手掛かりに、自ら書き起こしてゆくしか手立てがないのだろう。

（今回「80ｓゴースト！」と呪詛を連想する「偽悪的」タイトルをつけたのも、正当に評価されないもの達への惻隠の情なのかもしれない。そういえば、そんな名前のチームもあったな）

自分が八〇年代を肯定的にとらえるのは、他にも理由がある。

日本の「エイティーズ」はアメリカの青春時代という概念「フィフティーズ」とイメージが重なる。その頃「フィフティーズ」のリバイバルブームがあったことも関係していると思うが、自分が50ｓスタイルをしていた時に「懐かしいか？」と父親に聞いたことがある（今思えば、流行りの80ｓファッションを今懐かしいかと言われる以上に、的外れな質問だった）

50年代のアメリカでは、中流層が拡大し、バカデカい冷蔵庫や流麗なテールフィンの車に象徴される所謂フィフティーズを国民が謳歌している時代と言われていた。

しかしその頃、我が国では戦後の混乱期から抜け出したばかりの貧しい時代で（当時、ロカビリーをカバーしていた歌謡曲が流行ったらしいが）50ｓファッションのようなスタイルは映画スターや金持ち等ひとにぎり（それこそ1％er）の人間が享受できたにすぎなかったと言っていたと思う。

それを考えると、ベトナム戦争が日本でも影を落としていた七〇年代から、戦争が終結して高度成長のピークに向かってゆく、あの八〇年代へと移行する中で、ようやく我が国でも、様々なカルチャーやロマンが分け隔てなく享受できる、まさに豊かさの概念としての「エイティーズ」が、すなわちフィフティーズのようなロマンチシズムの時代が到来していたとは言えないだろうか。

また、そんな時代はこれから訪れるのだろうか……黄金のゴースト達は再び目覚めないのだろうか？」

「狂騒の１９２０ｓから50ｓそして80ｓ、かつては三十年周期でゴールデンエイジはやってきた。

この駄文を読んでくれた友のひとりは「今さら古い墓を掘り返すこともないだろうに……」と言っていた。ここで言っていることは確かに、老いかけた負け犬の感傷、遠吠えに過ぎないかもしれない。しかし、これが負け犬の遠吠えであっても、まだ、吠える気持ちが残っている分、マシというものだ。死んでいる犬なら、誰からも蹴られはしないだろうから（しかしいまだに蹴られまくってるな進歩なしか。吠えろおまえも喉が裂けるほど……「野良犬」って曲、また聞いてみるか）

バブルのスケープゴートとして粛々と列に並び、理由もわからないまま死刑台に一歩ずつ進むのだけは、まっぴらゴメンだ。

時代遅れと言われようが、みっともないと笑われようが、前に倒れて朽ち果てるまでその亡霊たちと、とことんまで付き合ってやる。

オヤジになっても、俺は過去の亡霊たちの中に潜むロマンチシズム「男の光」を信じている。

古今の英雄譚でも視点を変えるとジェノサイド（虐殺）なることを考えれば、自分がそう思ったことも、もう一方の真実と言えはしないだろうか。

少々乱暴な帰結だが、人間救済の一点（自分も含め）において、ノンフィクション調ではあるが、あえて与太話をも受容しつつ、自分の心象に残る、何篇かの疾走する情景を書いた。

はたして、自分に憑りついた「80ｓゴースト！」の幾ばくかは、成仏できただろうか？

あるいは、いつしか自分自身が過去の亡霊（ゴースト）になってしまったのだろうか？

最後に、昨年逝ってしまった昭和最期の侠、健さんへ、もうひとつのタイトルを捧げる。

最大級のリスペクトと心から哀悼の意を込めて。

そして、自分もいつか再び、サンダーロードへ走り出せることを祈りつつ。

(風の中にその答えがあるのかもしれない、魔墓呂死のジンのように……)

「そんなカラダでバイクのれんのかよ？」

二〇一五（昭和90）年初夏（またバイク乗りの季節がくる）

おわり……あるいは続く

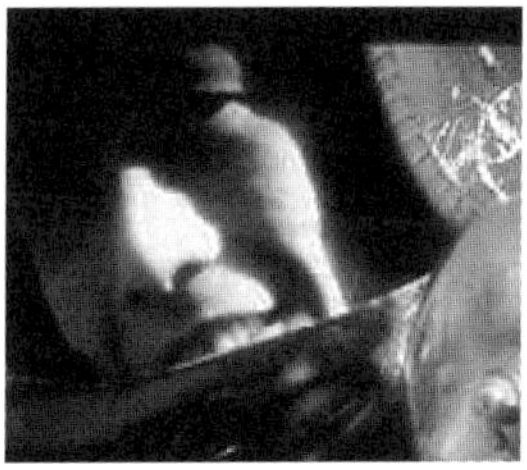

「ブレーキはどうすんだよ？」
永遠の兄貴山田辰夫様、侠を、生きざまを見せてくれてありがとう。
昭和八十四年永眠
（映画『狂い咲きサンダーロード』より）

#4

無邪気で小さな獣は
まだあの残暑の森に

パーフェクトワールド——もしくはフリークスの世界

僕は完璧なものなど信じない。

逆に完璧でないものに対して愛着を感じる。

江戸時代、欠けた茶碗を光悦が金継ぎで埋めた瞬間、壊れたただの器が芸術に変わった。時として欠損は失った箇所以外を引き立たせ、輝きに似た違う意味を持たせることがある。

僕は武将の大谷吉継がハンディキャッパーでなかったら、こんなにも魅力を感じていただろうか。聡明な彼は事前に関ヶ原における情勢をすべて冷静に分析把握できていたといわれている。その証拠に、当時の史実にも内部の裏切りを事前に想定したかのような布陣を誰よりも早く戦場に敷いていたことが記されている。にもかかわらず、誰より、平然とものの ふ然とした死を選んだ彼に対しての興味を禁じ得ない（事実、戦場の関ヶ原で腹を切ったのは彼ただひとりだった）。

戦国時代、誰もが欲と保身に支配されていた状況の中で、彼の存在は一縷のさわやかな風のように心の中を吹き抜けてゆく。

彼はハンセン病を患い、顔の欠損した個所を布で隠していたといわれているが、彼の生きざまは目に映る形など問題ではない。人の胸にひっそりと宿る美しいイデアの形を思い出させてくれる。

題名は忘れてしまったが、昔見たアメリカ映画でも、周囲から差別されていたハンディキャッパーの少年がならず者のアウトローバイカー達と知り合い温かく仲間に認められるというストーリーがあったが、これにも同様のすがすがしい清涼感を感じた（寓話ではあるが、未だ西部反骨気質を持つバイカー達にとってあり得ない話ではない）

完璧なもの以外認められないような現代社会の中で、誰もが重箱の隅をつつくことに躍起になっている。第一、完璧なものなんて本当にあるのだろうか。相手の欠けた所を認めないことも、己の欠けた部分に気づかないこともフリークスだと言えないだろうか。

僕は割ってしまった食器を接着剤でつけながら、家事をする妻のいつもより大きく見える後ろ姿に向かって聞こえないように小声で言った。

「これって光悦みたい……な訳ないか……」

中也

中也、憑りつきやがって。

てめえに出会ってからというものこのありさまだ。

いつまでたっても頭の中、てめえの軽口が「ゆあーんゆよーん」って鳴ってやがる。

折角おとなしく寝てたところをてめえに叩き起こされたようなもんだ。

おめえもランボーにやられた口だろうが、何も巻き込むことはねえだろう。

ダダイズムにかぶれて、あげく痛風なんかで死にやがって、ざまあねえな。

いつか太宰を「青鯖が空に浮かんだような顔しやがって」ってからかってたけど、おめえはなんなんだ。

風吹いて痛がってるぐれえだから、サバ以下だぜ。

大作家先生よろしく、もっともらしい病名で死にやがって。しゃらくせえ。

いつか檀の馬鹿力に投げ飛ばされたっけな、心平もあんときゃ怒ってたぜ。

だけど、おめえがしつこく太宰に絡んだ意味はわかっていたさ。

奴の虚弱を見抜いてたんだろ？　てめえのことのように腹が立ったんだろ？

てめえ自身が檀みたいな馬鹿力やドストエフスキーみたいな腕っぷしがほしかったんだよな。

でも、そんなもん必要なかったぜ、中也、現に十分おめえは強かったよ。

そして、おめえは汚れちゃいなかった。賢治のようにやさしかったぜ。

裏切った女の子供を自分の子のようにかわいがってたな。

おめえの女取りやがった小林の野郎と比べても月とすっぽんだぜ。

それから自分の子供が死んだときのおめえ、見てられなかった。つれえよな。

中也、向こうで太宰に会えたかい。

てめえの性格だと、また「青鯖って」こっちに追い返す勢いだっただろうな。

許してやれよ、アイツも十分やったんだよ。

安吾曰く二日酔いのまんまかもしれねえが、おめえさんくらい許してやんねえとアイツは失格したまんまだぜ。

中也、つまんねえな、何もかもが。おめえも今では神様だ。

どこぞのロシア人大先生みたいに望み通り神棚に祀られて満足かい。

なあ中也、つまんねえだろ。おめえが一番わかってらい。

だから、拝み奉られるのが窮屈になったら中也、神棚から僕の頭に降りて来い。

めんどうくせえおめえだけど、そんときゃ我慢してやるよ。

なあに、てめえとケンカになったとしても馬鹿力の檀や安吾が止めてくれるさ。

中也、だからオバケになって出て来い。

僕もいつかくたばったなら、そっちで逢おう。中也。

死に方、用意！

四回、これは僕が今まで死にかけた数。逆に言えば僕の経験値（スキル）が格段に上がった回数と言える。前向きな話ばかりではないが、信条としては頭でいくらシミュレーションしたところで現実は全く違うということだ。

結果なんてものは神様がくれたオマケみたいなもので、プロセスの中でしか人間は成長しないし、仮にラッキーで良い結果を手に入れたとしてもそんなものは長続きするわけじゃない。それが長続きするのであれば、それはその人の実力ということだ。

僕は小学校を一年で転校したが、次の学校でイジメに遭った。今考えれば、前住んでいたところは比較的良い地区で、父親がＰＴＡ会長もやっていた小学校に通っていたが、転校した学校と言えば所謂マンモス校で、今までの常識が通用しない僕にとってはジャングルのような場所だった。意味も分からず小突き回される毎日が続いていたが、ある時自分の中で何かがはじけ、イジメの当事者をバケツでぶん殴ったことで事態が１８０度急転した。それからは僕をいじめる奴はいなくなり、逆に遠く離れたクラスの人間と友達になった。

その時の一番の親友は、在日コリアン三世だったと思う。彼も昔から酷いいじめを受けていたが、二年の時には学年の半分も彼に盾突く人間はいなかった。きっかけは忘れてしまったが、いつしか僕らは一緒にいるようになり、校舎の真反対にある彼のクラスへ行ったり、逆に僕のクラスへやってきてはいつも二人でつるんでいた。

彼とは小学校四年くらいまではよく遊んでいて、彼の実家が営んでいたパチンコ店の景品用の大量の御菓子を山分けしたり、他の生徒を巻き込んで授業をボイコットして校庭で鬼ごっこをしたりするような、所謂悪ガキだったと思う。彼との大きな違いは、彼はほとんど両親の話をしなかったが、僕が家のことを話すと少し悲しそうな顔をしていたことを今でも思い出す。

四年の時、僕が水泳の選手で遠い運動公園まで課外練習で行くことが多くなったあたりから彼とは疎遠になった。疎遠になったきっかけもぼんやりとしか覚えていないが、久しぶりに彼を見つけて話しかけた時、一方的に無視されたような気がする。当時はそれに腹も立てたが、いつしか交友範囲が広がっていた僕は、彼のことを忘れて遊びと水泳の練習に夢中になっていた。

ある日、近くの森の広場で遊んでいる時に彼が通りがかったが、僕らはお互い気付いていたにも関わらず、それぞれの友達と遊びに熱中するふりをしてその場をやり過ごした。その帰り道、僕は車にはねられた。今考えれば多分ボウっとしていたんだろうと思うが、広場の横の道路に出た時、車にあたって4、5メートルは跳ね飛ばされたと思う。その時は幸い擦り傷程度で事なきを得たが、放心状態のまま家に帰ると可愛がっていた野良猫が倉庫のマンホールの上で固くなっていた。僕は死んで冷たくなった野良猫を抱きかかえながら、その時は僕が死んでいるのか猫が死んでいるのかわからなかったことを記憶している。

何故かその時、無視した友達のことが頭から離れなかった。野良猫を抱いて温めたが、二度と体温が戻ることはなかった。多分、僕はあの時一度死んだのだろうと思う。それからあまり記憶にはないが、今考えたら小学生なりに少し生活態度は荒れたと思う。実際、悪さをして七歳離れた兄貴からしこたま殴られたことがある。何発殴られたのかは思い出せないが、次の日に口が開かないぐらい痛かった記憶があるということはかなりの回数だったのだろう。

実際物静かな兄貴がそれだけ怒ったということは相当なことをしでかしたのだろう。高校に上がってからでさえ、あれより痛い体験をしたことがない。当たり前の話、それが基準になると身長差や体格がかなり違う相手でも、当時の高校生の兄貴よりは全く迫力がなく、僕からすればそのほとんど子供のじゃれあいだった。

思い出すと中学の頃も一度兄貴から殴られた記憶があるが、その時は悪いことをした記憶がなく、確か母親に対する口のきき方が原因だったような気がする。その時兄貴は大学生で帰省していた時で、僕も自覚はなかったが無意識に中学生特有の横柄な物言いだったのだろう。実際、僕は頭から流血して、母親から家具が壊れるから庭でやれと怒鳴られたことを覚えている。思い返しても兄貴から殴られたのはその二回だと記憶しているが、殴られたことに関しては自分が悪かったので当時も兄貴を恨むような感情はなく、現在に至るまで兄弟は比較的仲が良い方だと思う。

二回目に死にかけたのは、大学時代の冬。同郷の親友とレンタカーで帰省する際、雪の山道でスリップして土手を滑り落ちた。谷底に落ちる手前の竹垣で車が止まってくれたことにより僕らはほぼ無傷で生還した。最近、上京してきたその親友と当時のことを話したが、斜めの状態でフロントグラスが大破した車から這い出て前を見ると、竹垣の向こうは岩場で鋭い岩肌がこちらを向いており、その向こうは崖だったという結構ハードなシチュエーションだった。

しかし、今思い返しても怖いというより、寒かったという記憶しかなく、その時は雪道をとぼとぼ二人で歩いて、電話を借りようとたどり着いた家は葬式の真っ最中、冗談みたいだが喪服を着たおじさんが僕らを不憫に思い田舎の宿まで手配してくれた。むしろ、修学旅行のような楽しい記憶で、夕飯のあったかい味噌汁とか旅館にあった成人雑誌のヌード写真を笑いながら見ていたこと、九死に一生を得たにもかかわらず何とものんきで楽しい記憶しか思い浮かばない。変な話、もう一回やってもいいくらいの感覚なのだ。多分、当時の僕の感覚自体がおかしかったのだろう。

この時も猫がらみの事柄があって（というか僕の人生には必ず猫が絡むのだが）親友が実家に帰ると十年以上飼っていた飼い猫が実家の道路の前で曳かれていたというのだ。ここまで来ると、猫が完全に身代わりになってくれたようにしか思えない。家族の中でも、姉が車で猫を避けて樹木に突っ込み大けがをしたことがある。元来、猫好きだった姉はそれ以来、猫が嫌いになったと冗談か本気か言っていたが、これも九死に一生と考えるのであれば猫のせいというより一方では救ってもらったという考え方もできる。あいにく、その後の二回死にかかった体験（これはまた別の話）には猫は絡んでいないが、僕が気付かないだけで、もしかするとそれにも絡んでいるのかもしれない。

現実的な経験値という話から、なんだかオカルトめいた話になってきたが、自分の経験でいえば本当に死にかけるようなケースではさほど感慨というものがない。よく死にかけるほどの体験はＰＴＳＤやトラウマになるというが、僕はその瞬間であっても今思い返してみても、そんな重大な事柄であるにもかかわらず、一般的にはもっと些細な問題の方がトラウマとして残っている。むしろ、自分が死にかかったことより、猫が死んだ方が未だにつらいトラウマになっているといえる。

人によるのかもしれないが、自我なんていうのは本来思い込みで、人は死にたくなくても死ぬときは死ぬし、生きようと思わなくても生きざるを得ない。そもそも生死を語ること自体人間のおごりで、生死を人間が決めるなどとは生や死の尊厳を貶める行為に他ならないのかもしれない。

ただ、天命を全うして生きる、あるいは死ぬということが肝要なのかもしれない。猫のように。

仰尊《あおげばとうとし》

「仰げば尊し、わが師の恩」卒業式の定番の美しい曲だが、僕の卒業ソングは「仰尊《あおげばとうとし》」という確か高校時代に発売されたパンクバンド「ザ・スターリン」のカバー曲だった。ボーカルの遠藤ミチロウが「さっさとくたばれ！」と僕の代わりに叫んでくれた。

僕は学生時代において「師」と呼べる先生には出会うことができなかった。僕は人をやみくもに批判することは好まないが、僕が接して体験した「教師」という存在については、いまだに一言物申したい心境になる。

そのことについては個人的にも大変不幸な出来事だったとは思うが、まだ半人前以下の子供がこのような感情を持つにいたる状況というのは、仮に僕自身が特殊だったにせよ異常な状況だったと言えるのかもしれない。

もちろん、中には仲の良い教師はいたが、それは人として歩み寄っただけで、僕が出会ったほとんどの教師は今考えても人間の部類としては最低に属する人たちの集まりだった。

こんなことを言うと、当時からすぐ「不良」のレッテルを貼られてしまうが、大人になった現在でも僕の中で想いが変わらないということは実際そういうことなんだろうと思う。

現在、教師の浅ましい事件や逆にモンスターペアレンツと言われる保護者クレーマーの話題が取り沙汰されるが、それを聞いても全く驚かないどころか、そんなものは今に始まったことではない。単純に個人がインターネットという情報発信源を持ち得たことで表沙汰になっただけの話で昔から悪い教師というものは存在していた。もちろん悪い親というのも一部存在していた。

モンスターペアレンツとモンスターティーチャーに限らないが、社会というのは同じレベルの者同士の常に対の関係性だと思う。本当に自分の子供のことを考えてくれている教師に関して親はそのような負の感情を持ちようがないし、はっきり言わせてもらえば、その程度のレベルの者同士のくだらない闘争で類は類を呼んだだけに過ぎない。

小学校の頃の話になるが、家庭訪問の際、母親に対して僕がどれだけ悪いかというのをまるで自分が被害者のように訴えた教師もいた。確かに僕自身、品行方正とは言い難かったが、言ってもまだ十歳のガキである。その子供に対して己の無能は棚に上げて、被害を訴えるなど今考えればモンスターティーチャー以外の何物でもない。

教師という権限のみを振りかざして、逆に言えば頼るべきものがそれしかないため、指導と名を借りた生徒へのストレス発散、はっきり言えば弱いもののイジメが横行していた。生徒指導のほとんどの教師は「体罰棒」というオリジナルの拷問道具を自ら作り、僕の知っている教師などは軽い刑罰用の物差しからほとんど警棒のようなものまで取り揃えており、僕らは取っ手に巻いたビニールテープの色でどれくらいの体罰が行われるのか事前にわかったものだ。

そういった教師の行動は「熱血指導」の名のもとに美化され、それを止めようとする教師も皆無だった。言わば拷問を職員室で面白おかしく披露する教師を目の当たりにして、子供心にその当人も他の傍観している教師も全員クズだと認識した。

アパルトヘイトではないが、人を痛めつける道具を持つという時点で、これではもはや人間扱いとは言えない。

僕が知っている教師は「脅迫者」「傍観者」のいずれかだった。時として「被害者」というのもあったな。今考えれば、恵まれた教師という立場しか知らない世間知らずの青二才が、良くもまあ先生面して子供に教えていたものだと今さらもって呆れてしまう。

しかも当時の親も自分の子供が悪かったのだろうから指導していただきありがとう、というスタンスがほとんどだった。

僕が小学生の頃もほぼ一年おきにダメ教師が入れ替わり、比較的仲が良かった先生については今考えれば前任があまりにもダメすぎたために多少良く見えていたにすぎないと思う。

しかし、成長するにつけ腕力と知恵を身に付けた僕らは、卒業式の当日に所謂「御礼参り」

を企て、僕らをいいように小突きまわした教師を探し回った。これはある時期、毎年の恒例行事だったと思うが、学校によってはパトカーが待機するほどの異常な状況で、当の教師は卑怯にも卒業式の数日前から休みを取って旅行に行くというのがいつものパターンだった。

全く、コントみたいな話だがそういったバカバカしいことが当時は平然と行われていた。

それでも、頭に包帯を巻いた姿を見かけたことがあるということはなんとか探し出して仕返ししたヤツもいたんだろうと思う。

テレビドラマでは不良学生を体を張って熱血指導する教師も出てくるが、現実はこんなものである。どうしょうもないダメ教師だったが、僕の知る限りひとつ良い所があるとすればやられても生徒を訴えたりしなかったことだ。体罰をやるからにはそういったリスクも踏まえてやっていたとするならばその内容はさておき、男のスタンスとしては間違ってはいない。インターネットのように匿名で安全地帯から個人を誹謗中傷する輩よりは随分マシであるという程度ではあるが。

こんな調子ではもはや「学校」という機関は現実にはあり得ない「平和」や「協調」を謳いながら、偏った教育で子供たちの夢を矮小化そして陳腐化して、揚句の果てにはイジメを通じてストレス発散までしてしまうというとんでもない存在に思えてしまう。近年の「ゆとり教育」の顛末を見ても生徒本位ではない中途半端な体質が露呈している。もちろんすべての教育機関がそうとは思わないが（というかそうあってほしくないが）、僕が信条にしている、自分が経験した事柄以外は実際的に人には教えることができない。逆に言えば経験していないことは一緒に学ぶというスタンスからすれば、現在の教育という概念、机上の空論で上から押し付けた教育に関しては同意するところはどこにもない。

身近な問題としても、甥っ子が高校生の頃に学校や教師から受けた理不尽な対応については、話を聞いただけで正直「殺意」さえ覚えるほどだった。

それは中途半端な進学校にありがちな学校優先主義で、生徒個人の教育というよりも学校の進学率を向上させるための、言わば全体主義的な誤った思想に憑りつかれた、はっきり言えばファシストの集団だということは、姉の話を聞く中ですぐにわかった。オマケにその教師は己の精神的な虚弱さささえも生徒はおろかその家族にもぶつけるような異常体質で正直、呆れるほかない内容だった。

普通であれば両方の言い分があると言えるのかもしれないが、これは完全な弱い者いじめで、高校における進級や卒業というカードをちらつかせて自分の立場を最大限に利用した言わば恐喝であり、ほとんど犯罪行為と言っても過言ではない。幸い義兄が自分の立場を顧みず、猛烈な抗議をしたと聞いて溜飲を下げたが、今思い返しても虫唾が走る出来事である。

その教師のおかげで甥の他にも生徒の中に何人の犠牲者が出ているかと思うと、もはや野放しにできないレベルではないかとさえ思ってしまう。
人生の華であるべき青春時代をこのようなレベルの教師に出くわしたこと自体、通り魔的な不幸と言えるのかもしれないが、逆に心底それを体験したからこその痛みや達観というものが甥の中にも芽生えていることを期待している。
コウスケ、体験したことは決して無駄にはならない。その痛みはキミの強さにつながっている
愚叔父より。

僕は、誰がために武装した

その日いつも通り、小学校の校門を出て友達と下校していた。季節は夏の余韻を潜り抜け、時折秋風が頬をかすめる。日焼けた肌のほてりが、余計に涼しさと寂しさを掻きたてていた。

どぶ川沿いの十字路で友達と別れて歩いていると、青いフェンスの下に、ぬいぐるみが落ちていた。近寄るとその茶色い物体は動いており、必死で何かから逃れようとしていた。生まれたばかりの片目が目ヤニで潰れた子猫が後ろ脚を針金でぐるぐる巻きにされた状態でフェンスに括りつけられていた。

僕は急いで針金を解いて、うっ血してパンパンに腫れ上がった子猫の足をさすった。子猫は痛がったのか、毛を逆立て小さな体を膨らませシャーッと僕を威嚇した。僕はおろおろと途方にくれながら、自分の心から湧き上がるドス黒い、粘着した感情に戸惑い恐怖しながらただ震えが止まらなかった。

しばらく、ただ茫然と子猫の傍にいることしかできなかったが、少し年上の女子生徒数人が近づいてきて「○○くん達がいじめていた」と僕より一つ年上の生徒の名前を口に出した。僕の中でその時、何かがはじけた。怒りの感情というよりもそれは悲しさだったと思う。女子生徒の一人がお母さんを連れてきて、そのおばさんが涙を流しながら「怖かったね、怖かったね」と呟きながら子猫をそっと抱え上げ、その場から去って行った。

その場にたったひとり残された僕は、残された子猫の足に絡みついていた針金をギュっと握りしめ、ポケットにねじ込んだ。僕はその場から跳ね飛ばされるように駈け出して、家に戻りひとりで「いくさ支度」を始めた。買ってもらったばかりの空気銃と倉庫にあった荒縄、そしてスパナをベルトに差し込み、まるで訓練された兵士のように冷静に支度を続けた。最後にポケットの中の針金を子猫と同じ側の足にきつくしばりつけ、その痛みを体全体にしみこませた。まだ日の高い通りに飛び出し、下校中の生徒に聞き込みをしていると、一度家に帰った同級生の友達が「どうかしたのか?」と血相を変えている僕に問いかけた。僕はできるだけ正確にそのことを告げると、友達は無言で大きくうなずき、少し待てと僕に言うとその場から駆け出した。

学校の正面に伸びる通学路で僕は友達を待ちながら、刑事のように下校してくる生徒すべてに犯人の居場所を問いただした。

しばらくすると、僕と同じくいくさ装束をした友達が、同じく装束を身にまとった仲間数人を連れて僕の前に現れて無言でうなずいた。聞き込みにより犯人の場所を特定した僕たちは、僕と友達を先頭に二列縦隊で行進を続け、目的の広場に到着した。

聞き込み通り、広場の端で仲間数人と談笑している犯人を見つけて、僕らはできるだけゆっくりと笑顔で、そして扇状に隊列を展開しながら奴に近づいた。目の前まで来るとキョトンとした表情で僕らを見つめて、続いて僕らの装束を見て仲間数人で大笑いした。

僕は喉の渇きを覚えながら、生唾で張り付いた震える声で子猫のことをゆっくりと問いただした。一瞬、顔を曇らせ、歪んだ笑顔で言い訳しようとしていたが、僕らが無言でいると今度は下級生のくせに生意気だと大声を張り上げた。咄嗟に僕が空気銃を抜くと、周りの友達もそれぞれ無言で武器を手に持って構えた。上級生たちは犯人を残して、一斉に蜘蛛の子を散らすように逃げ去り、仲間の数人がそれを追って一人だけ捕まえた。

それから僕らに囲まれてガタガタ震えだした犯人のもとへ、捕まえられて顔を涙でくしゃくしゃにした上級生が連れてこられた。僕らは二人を、いつも遊んでいた森の中の小径に連行した。僕は自分の足に巻いていた針金を取り、仲間に押さえつけられている犯人の目の前に無言で突き出した。

犯人は嗚咽をあげながらゴメンゴメンからスイマセンスイマセンと言葉を変え、僕らに詫びたが、どす黒いドロリとした感情を逆なでするだけで耳をふさぎたい気持ちだった。早く目の前の物体を黙らせたかった。

「正義」という遊びは、幼い僕らを置き去りにしたまま、いつしかその一線を越えようとしていた。僕は嫌がる二人の足を針金で縛りつけ、その場から少し離れて腰から空気銃を抜いた。一緒にいた友達が表情をこわばらせもうこれくらいでいいだろうと僕の肩を抑えたが、僕はそれを激しく振りほどき、友達を一瞥してから再び空気銃を構えた。

その時、まるで打ち合わせしていたように周りの何人かも空気銃を抜いて、助けてと懇願する二人にめがけて何発も引き金を引いた。

銃が本物かどうかなんて関係ない。僕は初めて、僕の意志で人を裁いた。僕らが握りしめていたおもちゃの空気銃は彼らを確実に打ち抜いて殺した。

気が付くと弾倉は空になって、目の前には放心状態でうずくまり、ひとりは頭を抱えて大声を張り上げて充血した目を見開いたまま泣きじゃくっていた。二人を見ると、半ズボンの前がぐっしょりと濡れていた。

周りの友達はその時、残忍な顔で笑っていた。初めて見る嫌な顔だった。僕は言い知れぬ昂揚感と後悔がない交ぜになった感情を抑えることができずに、大声を出しながらその場から駆け出してしまった。

まだ、緑が色濃く残る、緑の匂いが濃密に支配した森の中を全力疾走で駆け抜けながら、僕は泣いていた。いつしかひとりになった僕は、腰に差していたスパナがなくなっていることに気付き、今度は大声で笑っていた。僕は悲しかったのに大声で笑っていた。僕は多分、天国には行けないだろうと笑っていたんだ。

家に近付くと、どこかから夕ご飯の匂いがしてきた。僕は嵐でざわめく胸を押さえながら、鼻をつまんで、しばらく倉庫の片隅にうずくまって家に入れないでいた。母親の顔を見るのが怖かった。ただ、ただ怖かった。それから勝手口の蛇口で手をごしごしと洗った。たわしで手の甲から血がにじむほどごしごしと洗っていた。僕はそこでまた少し泣いてから、じゃぶじゃぶと顔を洗って何食わぬ顔で「ただいま」と言った。

僕は完全に一線を越えてしまった。もう決して戻ることはできないラインを知らない間に踏み越えてしまったんだ。僕は自分自身に戦慄していた。

安寧からの脱出、支配の昂揚感と子猫の代弁者として正義をはき違えた不正、悲しみともあきらめとも違う奇妙な感情が僕を支配して、投げやりになればなるほど、新しく生まれた自分から逃げれば逃げるほど、眠れない夜の間に僕の中の小さな獣が不敵な笑みをうかべながら大きく育ってくるのがわかった。

それでも朝はやってきて、僕はいつもの訓練を思い出しながら顔を洗い、歯を磨いて、暗記したセリフのように母親と談笑しながら朝食を食べ、兵士の身支度のようにランドセルを背負って家を出た。

重い足取りでなかなかたどり着かない校門の前まで来ると、同級生が近寄ってきて僕の肩を叩いた。何も言わず笑顔で親指を立てると、そのまま肩を組んでもつれないながら校舎に入った。教室に入ると、普段退屈な学校生活の一大事件のように、教室は昨日の話で持ちきりだった。僕はこんなはずではなかったと、後悔していたがすぐに得意になって笑顔で同級生の話にうなずいていた。その時、また僕の中の獣が更に大きくなってゆくのがわかった。話の輪から外れて、遠くから冷めた目でこちらを見ていた同級生の女の子、同級生だったあの子の名前はなんだったのか？　今いくら考えても思い出せないが、あの悲しそうな目だけは今でも心に焼き付いている。ポイントオブノーリタン（もはや後に引けない地点）を越える前の僕は一体どこへ行ったのだろう。あの頃の僕は？

無邪気で小さな獣はまだ、あの残暑の森に置き去りにされたまま。

革は死してトラを残す？

革が好きだ。

その質感、匂い、強靭（タフ）さ等、他の素材とは異なる魅力を感じてしまう。若い頃、ビニールレザーの安価な類似品しか手に入れられなかった反動も確かにあるのかもしれない。デパート等に行ってもまず目に入るのは革製品で、無意識に手に取ってしまうこともままある。

人間が本来持っている狩猟性のＤＮＡがそうさせているのだろうか。

とはいうものの、新品の革製品については、最近どこか罪悪感を感じて深く考えると欲しい製品であっても二の足を踏んでしまう。これは食事の際肉食をするときも同様で、菜食主義者というわけではないと思うが（むしろ肉は大好きな部類に入るが）、当たり前の話、元は動物だったと頭によぎると食欲が減退してしまう。

食事は生きてゆくために致し方ないと感謝しながら食することもできるが、贅沢な趣向品である革製品はやはり少しためらってしまう自分がいる。

しかし、革好きとして日頃からそれらを意識している訳ではないが、自然とビンテージレザーという古いものに関心が集中している。

もちろん、若い時分は新品の革ジャケットというものが高価だったということもあり、懐がさびしい若者がお洒落をしようと思った場合、もっとも重宝したのが古着屋の存在だった。古着屋に行き始めた頃はビンテージ古着ブームの黎明期で、現在のような価値がまだ確立されていない時代で、知っている人は知っているという善き時代だった。当然僕も最初は知識がなく、あくまで新品に似たものを探す代替えのような感覚しかなかったが、店に通い詰めるうちに知識も増え、いつしかお宝さがしに熱中するようになった。

元来、オトコというものはマニアックなものに惹かれる性質があり、特に周知されていない自分だけの情報を知っているというような満足感を得たがるものだ。

僕も例にもれず、まんまと一期一会のビンテージの魅力にハマっていった。

元々、新しいもの好きだったが、温故知新というようにほとんどの新しいものは原型があり、知識が増えれば増えるだけ、古着を掘れば掘るだけ発見がある。大げさに言えば考古学者やトレジャーハンターと変わらないことをミニマムな世界でやることに熱中していた。社会人になり出張先でも古着屋めぐりは欠かさず、海外出張でもアメリカのフリーマーケットやガンショウ等のイベントに時間を作っては足を運んだ。時にはＬＡのダウンタウンにある地元民でも近寄らない危ないゲットーの古着屋にも行った。通りにはストリートギャングがたむろしており、僕をカモとして待ち構えて出るに出られないこともあった。

その時は、見かねた店主がショットガンを持ち出して追い払ってくれて事なきを得たが、実際大げさではなく危険と隣り合わせのトレジャーハントだったのかもしれない。

また、人が見たら全く同じものにしか見えないものでも、必然的に僅かな違いがあれば、手に入れざるを得ないという悪循環にもハマり、みるみるうちに部屋は古いレザーで埋め尽くされるようになった。正確に数えたことはないが、ジャケットだけでも百着は優に超えている状況で、小物を含めるとあまり考えたくないカオスがそこにはあった。

最初は程度の良いものを選別して収集していたが、ビンテージブームが過熱してモノが枯渇してくると価値も上がり以前買えた値段では入手できなくなった。そして、新しいモノを買うためにいらないものを売るといった、まるで相場師みたいな事態にも陥ってきた。

そのうち、目利きを駆使して他人が選ばないようなダメージのあるものを安く入手し始めると、今度は全く同じ形でもダメージの度合い、つまり革の雰囲気違いみたいなものでも入手するという、他人から見ればもはや病気ともいえる症状がどんどん悪化していった。

実際、その時はバイクにも乗っていたので必需品だと自分に言い聞かせていた節もなくはないが、もはや好きを通り越してマニア、コレクターという領域に片足突っ込んだ状態だったのかもしれない。

興味のない人には全く理解できないかもしれないが、革製品の場合、布製品の古びた加工をしたレプリカビンテージジーンズのように複製がきかない。勿論、ビンテージ加工をした革製品があるにはあるが、いくら精巧に作ったとしてもどこかワザとらしさがあり、ビンテージレザーが刻んだ半世紀以上経過した深みや傷は、人間同様、現在の最新技術をもってしても到底再現はできないだろう。

意外かもしれないが、当時の革自体の品質も現在の物より数段高かったような気がする。これは、数を持って比べてみて初めて分かったことだが、事実、一九三〇～五〇年代の馬革ジャケットは別格で現在でも七ケタで取引されるビンテージジャケットも存在し、その価値も年々上昇している。

これには理由があり、産業革命以降、当時世界的なモータリゼーションの進化で、農業や産業、交通に使われていた馬が、車などにとって代わられ不要になり、それらが革製品の普及や進化に大きく貢献したといわれている。実際、馬から車やバイク、それから飛行機に乗り換えた当時の貴族や金持ちたちは、好んで馬革のジャケットを身に着けていた。

馬にとってみれば、今まで第一線で人と肩を並べて働いていたのに、需要がなくなった瞬間に皮を剝がれ売っぱらわれてしまうという、迷惑を通り越してほとんどジェノサイドの世界だが、おかげでふんだんに上質な皮が取れ、当時のアパレル産業も大いに栄え、実際こうして一世紀近くビンテージとして残っているのだから、馬には余計な世話かも知れないがこのことはむしろ称賛に値すると思う。

引き換え、はなから革製品としての役割を担った、いわば養殖された動物たちの、ましてや人工的に加工された皮と比べるまでもないということだ。

それらのジャケットは一点物のオーダーメードらしきものも多々あり、ジッパーひとつとってもアールデコの細工が入ったものや、製品としても当時の職人たちが一針一針誇りを持って作ったものがある。現在のようにオートメーション化された工場で発展途上国の女性が生活のために作っているものでは似て非なるものではないだろうか。はたして、現在の革製品のどれくらいのものが一世紀後にも残っているのだろうか。

また、ビンテージレザーの傷などを見ていると、当時新品の時に着ていた人物像に対しても想像を必要以上に掻きたててしまう。

実際それらのレザージャケットの状態は、当時の世相と密接な関係がある。

一九三〇年代のスポーツジャケット等は、通常傷がつきにくい脇の下や袖の裏が擦れていると、複葉機時代に剝き出しの狭いコックピットの中で、当時のパイロットが青空を飛翔している姿を、また、一九五〇年代のライダースジャケットの傷などは、マーロン・ブランドやジェームス・ディーンと同じ時代を生きていた不良のバイク乗りが、時にはケンカしたり広大なアメリカのハイウェイを疾走している姿に思いを馳せてしまう。

そしてビンテージレザージャケットは、普通の買い物のように手に入れて完結ではない。

これはあくまでも個人的な儀式のようなものだが、僕は古いジャケットを手に入れると、まず乾いた革にオイルを入れ、破け等を手縫いする。しかし、それで完成ではない。最後にそれを着てバイクに乗るのだ。文字に起こしてしまうと気恥ずかしいが、ジャケットに「風」を吸わせるという儀式を通して初めて買い物が完結する。当時着ていた人物に思いを馳せ、実際にバイクで走ることでそのジャケットは初めて僕の物になるというわけだ。

しかし僕の物というには、実際おこがましいかも知れない。着ているジャケットのほとんどは僕よりも随分年上なのだ。執着があるから、物を集めているのかもしれないが一世紀近くたった物は所有することができないと思っている。

アメリカ合衆国で考えれば、建国から二百年あまりの歴史の中で半分の歴史を持つこのモノたちは、日本に置き換えれば十分に文化財クラスの物だと言ったら大げさだろうか。

歴史の重みを考えると、所有しているというよりこの時代に偶々手元にあるといった方が正しいのかもしれない。

昔仲間と飲み明かしていた時に「革ジャンこんなに集めてどうするんだ？」と質問されたことがある。その当時は「俺の葬式の時は棺を革ジャンで覆っとくから、参列してくれた友への香典返しだ。着て帰れよ」と恰好をつけて言ったことがある。

当時レザージャケットは、己のアティチュードであり、本当に自分を守ってくれる鎧でもあり、時には命がけで手に入れた色んな思い出を吸い込んだ、第二の皮膚とも言えた。

かつて付き合っていた恋人は、僕の部屋に充満しているレザーの匂いに耐え切れず、ベランダにレザージャケットを出してしまい、それをきっかけに別れてしまった。今考えたら外に出すくらい何でもないことだが、当時の僕はどうしても許すことができなかった。実際、申し訳ない話だが、彼女もなぜ別れを切り出されたのか分からなかっただろう。

たかがモノ、されどモノなのだ。

しかし、僕は最近、集まってきたジャケットを手放す決心をした。今書いている文章も大げさに言えばレザージャケットに対するレクイエムの意味合いもあるのだろう。

それは、物理的に収納の問題もあるにはあるのだが、結婚して歳を重ね、バイクに乗ることが少なくなった現在では、あれだけ拘っていたレザージャケットも今の僕には正直重荷になっていたのかもしれない。ましてや中年の僕が着ていると、リアルじゃないコスプレに思えるのだ。特に妻と外出する時など、レザージャケットに袖を通すことはほとんどなくなっていた。

つい先日ビンテージショップを経営している知人に声をかけ、トラックで取りに来てもらった。妻はニコニコ顔でせっせと搬出を手伝っていたが、その時の僕の心境は、長年連れ添ったた恋人や友が離れてゆくようで、そう、心では泣いていたのだ。

実際、気を抜くと本当に泣いてしまいそうだったので、引っ越し業者のように無言で、思い出を振り払うが如くただ黙々と作業をした。

搬出作業も終わり、疲労感と虚脱感に襲われ座り込んでいた僕に、その知人から提案があった。

「バイクとのトレードは考えられませんか？　一九六八年式トライアンフ持っているんですけど、確か同い年ですよね」……と。

「え？」

人生とは奇なるものだ。

想いを断切って手放したと思ったら、またうれしい悩みの種がやってくる。

今流行りの断捨離効果か、はたまたこれは啓示なのか……風の神様の。

妻には内緒で隠し持っている、どうしても手放せなかった僅か数着になったレザージャケットに再び風を吸わせてやろうと、その時思った。いつか僕の葬式に来てくれる、ちょうどレザージャケットの枚数分残った本物の友に引き継ぐために。

痛み

頭痛、腰痛、歯痛等、痛みにはいろいろあるが、歯痛や下の痛みなどは特に陰鬱で我慢しようにも我慢できないことがある。なにより、コントロールできないという点では、すべての痛みがそういえるのかもしれない。

子供の頃遊んでいて怪我をした時のことなどは、周囲の慌てぶりや怪我の大小、病院などは記憶にとどまっているが、こと痛みに関しては古傷を見てもどれくらい痛かったのかどうしても思い出せない。その代わりに、それによって恥ずかしかったり、親に迷惑をかけたという思いは逆にとても心に残っている。

大げさに言えば戦争体験などのトラウマなどがそれにあたるのかもしれないが、いずれにしても外的な要因というのは特に問題ではなく、それが内的なものに変換された時点で記憶にインプットされるのかもしれない。

押しなべていえば、体に出来た疵などは記憶を呼び起こすためのきっかけに過ぎず、逆に得体のしれないココロの方がむしろ問題であることが多いのだろう。僕の場合、その中でも突発的な不可抗力による怪我などは、怪我の程度にかかわらず特に思い出すこともなく、他人から言われて初めて「そういうこともあったな」程度の感傷しかないが、自分の弱さからくる怪我や、むしろそれによって他人が怪我をしたことの方が未だに痛みを感じることが多い。

弱さからくる怪我と言えば、子供の頃の取っ組み合いや喧嘩などがあげられると思うが、これも実際に取っ組み合いをして怪我をしたことよりも、卑怯にも喧嘩を回避して怪我も何もしなかった時のことの方が記憶に残っている。

僕は人を殴ったことよりも殴られたことの方が随分多いが、それと比例するように喧嘩も負け越している訳だが、特に負けたことに関しては何の感慨もない。むしろ、負け惜しみではなく本当に負けてやったという気持ちが強いのだ。

得てして子供は強さに拘るが、そんなものは時と場合、そして当然格闘技等をやっているやつが強いに決まっている。でも単純に腕力だけが強さの証明にならないのは、いわば機転と戦略によるものが大きいだろう。言わば、勝つときというのは勝つべくして勝っていることの方が断然多いということだ。

しかも、勝ちにこだわることはもっともナンセンスで、安吾も言っていたが、戦い続ければそれまで全敗していても負けたことにならず、人間は決して勝つことなんてないわけで、本人の意思の力によって「負けない」ということのみ可能であるという意見に激しく同意できる。

負けてやった例として、学生時代の威張りくさった先輩など、喧嘩は弱いくせに下級生など弱い立場を見つけると強がっていじめたりする卑怯なヤツも一定数いた。そんな時は、所謂、殴らせてやる訳だが、そんなものは正直痛くもかゆくもない。たまに当たり所が悪くてあとになって内出血の箇所を痛いと感じることもあるにはあるが、殴られている時はアドレナリンが出ているので本当に痛みを感じない。今考えても人間の体は実に良くできていると思う。

殴られ慣れてくると、いつも大口をたたいている先輩の実力を試してやりたくなって、ふいにタメ口を利いてワザと殴られたことさえあった。それが、笑ってしまうくらいへなちょこの猫パンチで、一緒に殴られた友達と殴られながら目が合ってニヤリとしたこともあった。

要するに慣れの話だと思うが、日々殴られたりしていると実際そんなものは何でもないことで、むしろ殴られないように逃げ隠れする方がよっぽど痛いことなんだということがよくわかってくる。

そんな中でも一部例外もある。先ほども述べたが、格闘技などのスポーツや漁師など力仕事を生業にしているような馬鹿力の奴らは本当に物理的にかなわない。僕もボクシングをやっている同級生にちょっかいを出して殴られたときには本当に星が飛んだと思う。

学生時代特有の力試しの意味もあったかもしれないが、理由は忘れてしまったが近所の煙草屋の公衆電話で電話している友達を見つけて、多分僕がからかったのだろう。奴は、自転車に座ったまま、受話器を肩と頭に挟んで話していたが、そのままの姿勢でグーパンチが飛んできた。

その時、所謂、ワンパンチで腰から崩れ落ちた訳だが、その時の記憶をたどるとむしろパンチは見えていたと思う。パンチは見えていたが、自分の思っている間合いよりも十センチくらい先に来た感覚なのだ。よく小走りで鴨居にオデコを不意にぶつける時があるが、全く予期しない衝撃というか見えているはずなのに、まるで腕だけが伸びたように感じた。これは痛いというよりは、多分脳が揺れて、下半身の機能がマヒして崩れ落ちたような感じだと思う。したがって殴られた箇所は痛くはなく、むしろ崩れ落ちて打った膝の方が痛いと言えば痛かった。

後になってそいつと話したことがあるが、技術的には内側に絞り込むようなイメージで練習をしているので、普通の人が繰り出す大ぶりなパンチよりも内側から来ることで、相手は認識しづらく、実際腕もまっすぐ突き出すことで伸びているらしいのだ。なによりボクシングで強い人間は元々リーチも長いということだった。僕はなるほどとこれは真正面から闘っても敵うはずがないと妙に納得してしまった。僕も、その友人から「オマエは人より上背もあり手が長くてウェイトも軽いから有利だ。ボクシングをやった方がいい」と勧められ三日坊主に近いが、その気になって大学生の頃までボクシングジムに通った経験もある。その時はスパーリングで小さな中学生の練習生から滅多打ちにされて、自分には格闘技の才能がないと早々に諦めてしまった。

これらとは逆に全く体格が違うのに、対峙した時にプロレスラーみたいなやつが小男に負けた例も見たことがある。

組み合ってしまえば大きい奴が勝つに決まっているが、殺気を放っている人間に対しては、いくら格闘技をやっているからと言って敵わないということだ。

はじめは大きい方が優位に立っていることが多いが、掛け合いをしている中で呼吸や息遣い、目の動きなどを見ていると、だんだん大きい方が委縮していくのがわかる。最後は脂汗を流して、最悪の場合はガクガクと震えて殴られてもいないのに小便を垂れ流すケースさえある。

それほど、目に見えない気迫というものの力は大きい、むしろそれは格闘技をやっている人間だからこそわかることなのかもしれない。逆に言えば精神的な虚弱を、力そのものに頼って格闘技を志したのであれば、精神的な強者に向き合った時は、むしろ一般の人よりも脆いと言えるのかもしれない。

僕もやせっぽっちでどちらかと言えば全く腕力もなく弱い人間だとは思うが、学生時代、力の世界でも、ここまでなんとか楽しくやってこれたのは、周りの友達によるものも多分にあると思うし、なにより幼年期、詩人の父親の存在が大きかったと思う。ペンは剣より強しというが、僕が経験則で学んだこととしてはある意味間違いで、ある意味正しかったということだ。

結論として心の痛みは肉体の痛みなどを軽く凌駕してしまうし、今のところ科学でもそれは証明できるに至っていない。なにより、本当の心の「痛み」の場所や中身を特定するために文学以外に方法があるのだろうか。ボクシングでは挫折してしまったが、少なくとも現在に至るまで僕の強さを突き動かすものは文学以外見つかってはいない。

猫の一生

猫の寿命はおおよそ十五年程度と言われている。

これが野良猫になるともっと短いかも知れないが、人間の寿命に比べると、諸説あるが七分の一くらいではないだろうか。逆に人間に比べて七倍速で一生を駆け抜けているともいえる。人間の一日が、彼ら彼女らにとっては一週間、一年が七年。僕達と一緒に変わらない日常生活を送っているように見えるけれど、実は全く違うのかもしれない。

今飼っている雌猫は四歳をこした。七倍速の人生でいえば三十歳前（アラサー）の女盛りということになる。

以前飼っていたその先代猫はと言えば、壮絶に病気と闘いながら、最期まで漢《おとこ》として人生を全うした。人間でいえば百歳近かったのかも知れない。そのくらいの年になると我々が考えていることはすべてわかっているようで、本当は飲みたくもない薬を飲み、無理やり排便をせかされ、それでも彼は大人物のように穏やかな姿勢を決して崩さず、取り乱す僕らの方が逆にやさしく保護されているように、眼圧が下がり奥まってしまった目の奥からやさしい眼差しを最期の最期まで送ってくれていた。

終末近く、家に帰ると低い段差に引っかかり、動けないままの彼を見つけた。周りには粗相のあとがあったが、彼を見ると申し訳なさそうに目をそらした。僕は「大丈夫だよ、アイツには内緒にしておくから」と声をかけて妻には内緒にするという男同士の約束をした。僕は、そのあと彼に気付かれないようにトイレの中で一人嗚咽を出していた。

実際、妻に対しては僕には決して見せない威厳を保ち、まるで保護者のように接していたし、妻もおだやかな彼がたまに見せる荒ぶる漢の咆哮におびえることもあった。彼は友であり子供であり先輩であり、おじいちゃん子だった妻からすればそれに重ね合わせてしまうような、身内の安心感を彼に感じていたのかもしれない。

十六歳、それは大往生と言えるのかもしれないが、僕らの喪失感は、その年齢に比例して決して埋めきれない巨大クレーターのように心に空虚をもたらしていた。

今飼っている猫、彼女との出会いは、十六歳で亡くなった先代猫の月命日で、葬式をしてもらったお寺にお参りに行った時だった。その彼の眠るお寺の境内で捨て猫の里親会をやっていたのだが、その一角のケージの中に彼女はいた。生まれたばかりの子猫ばかりに人々が群がる中、それより一カ月半早く生まれた彼女は誰もいないブースのケージから勝気な瞳でこちらを見ていた。実際、ペットを亡くしたばかりの人々が集まるような場所で里親会を開くなど少しあざとい気もしたが、僕たちは引き寄せられるようにケージに近づいた。中を見ると亡くしたばかりの雄猫と同じキジ虎柄の小さな彼女がうれしそうに近づいてきて、差し出した指の先に自分の鼻を擦り付けてきた。

こうなってしまうと、あざとい、あざとくないは問題ではなく、人情として単純に縁というものを無条件で感じてしまうものだ。妻と二人、境内にある喫茶室で半ば放心状態のまま、お互い何も語らず引き取るべきか考えていた。実際、自己防衛本能が働いて、あんなに悲しい思いはもうたくさんだという気持ちと、ポッカリ空いてしまった喪失感を埋めるピースが見つかったようなジレンマで、ほとんど思考は停止していたといっていい。

それでも最初から心は決まっていたのかもしれない。僕らはもう一度、愛猫が祀ってある観音像に手を合わせて許可を仰いだ。

彼女が捕獲された地区では、増えすぎた野良猫を保健所が大量に処分するという決定を出した。それに反発したＮＰＯが捕獲された野良猫を引き取り、里親会を開いたのだ。僕はこの記事を偶然に新聞で読んでおり、心を痛めていたのでまさか目の前に当事者がいるなど信じられない気持ちだった。

しかもその中でも彼女は気性が荒く、他の兄弟猫は子猫のうち早々に引き取られていたが、彼女は一カ月半もの間引き取り手がなかったため、周りと比べ少し大きいとＮＰＯのおばさんが説明してくれた。そのＮＰＯは実際しっかりとした活動をしていて、ただ欲しいからと言って簡単に猫を渡すことはせず、飼育できる環境が整っているかをしっかりと家庭訪問で確認するということだった。猫に関する何もかもがそのまま残る室内を見て、おばさんは何も言わずに笑顔でうなずいた。

実際、彼が亡くなってからは、部屋の中で彼の動いていた痕跡、毛の一本に至るまで、もう失いたくはなかった。彼が亡くなった日、「世界が終わるときはこんな感じなのかあ」と、朝焼けのバルコニーで彼の亡骸をわが子のように抱きかかえている妻がポツリとつぶやいた。僕は、いつか見た聖母マリアの宗教画のような風景に言葉を失っていた。彼と過ごした最後の日々を永遠に封印したかったのかもしれない。

彼女を家に連れて帰ると、すべてが新鮮で、すべてが新しい世界のように、すぐに自分の家のように部屋中をはしゃぎまわった。先代猫の使っていた何もかもが残る室内、以前は打ち捨てられた廃墟のように見えたモノたちに再び命が吹き込まれた瞬間だった。彼女は野良猫だったかもしれないけど、愛猫が亡くなって実際野良になっていたのは僕らの方だとその時ようやくわかった。

僕らは、先代猫のぴー君から一文字取って「ピコ」と命名した。

それからピコは四年間大病をすることもなく、今年人間でいう三十五歳になる。女性は自分の華の時期をしっかり認識していて、無自覚に生きている男より毎日を大切に、そして丁寧に過ごしているような気がしてならない。避妊施術をした一年前、彼女は二十八歳で華も咲き誇る時期だった。僕はそんな時期に人間の勝手で華を散らしてしまったのかもしれない。そう思うと本当に申し訳ない気持ちでいっぱいになった。

それでも彼女は変わらない様子で毎日のパトロールを欠かさず、僕らに安らぎと癒しを運んでくれている。でも、ふいに出窓から遠くをじっと眺めている彼女の姿を見ると、元々野良猫だった彼女は一体どちらが幸せだったのだろうかと考えてしまう。

にわかに猫ブームが過熱している昨今、巷では猫カフェやペットショップが大人気だと言われている。その陰で保健所では人間の都合で当たり前のように毎日ホロコーストが行われれている。メディアではペットは家族などと、きれいごとを言っているが、この世に生を受けたばかりのかわいい子猫が、ガス室送りになっていることを本当に認識しているのだろうか。政治家たちは子供たちの未来のためとか言っているが、子猫の未来はどうなるんだ。しかも、子猫さえ守れない奴らが人間の子供を本当に守れると思っているのか。

僕も子供のころ野良猫を守れなかった経験がある、そんな思いは二度と御免だ。だから、キミ達は一生、僕が守る。たとえ世界中敵に回したとしても。

友に、ぴーくんに、そう男同士の約束をしたから。

シンタロウ

何も元東京都知事のことではない、僕の後輩の名前だ。

例のシンタロウはいまだに何かと国政や都政に口を出しているが、のうのうと生きながらえて醜態晒しているてめえにミシマや特攻隊で散った英霊たちを語る資格はねえよ、爺さん。

話は戻るが、僕の後輩のシンタロウは仲間内では珍しくハイセンスな奴で、僕が憧れていたビート詩人のような、さり気ない着こなしをしていた。

当時、裏原宿系と言われるファッションの黎明期で、その前の華美なデザイナーズブランドのまるでアンチテーゼのように、シンプルでミニマムかつハイセンスな洋服をゲリラ的に作る人間達が現れた。実際、なんてことはないシンプルなTシャツでも、一時は数万円のプレミアが付くほど、一部では熱狂的ともいえる支持を受けていた。

シンタロウは、そんな、知る人ぞ知るという段階でそれらを着こなしていた。それはライフスタイル全般にわたった。当時、巨大な箱のディスコブームが鎮火して、様々な趣味に分割された、小さなクラブディスコ、今で言うクラブのことだが、一部のニッチな層に向けてマニアックなレコードを回す小さな箱で、奴はたまにＤＪで皿（レコード）を回していたし、海外のマニアックなレコードを数多く持っていた。

僕は後輩を感化したことはあるが、後輩に感化されたのはそれがはじめてだった。僕は、今までノーマークだったそれらのショップやクラブに連れて行かれて、酔ったシンタロウに「先輩はモリすぎなんですよ」とファッションのことを指摘されて当時は腹も立ったが、確かにおっしゃるとおりで、僕自身、ファッションに関しては、高校に上がるまでブランドかそうでないかの区別しかないような、全く無頓着というかセンスに欠けた人間だった。実際、シンタロウのミリ単位の着こなしはまさに芸術的で、納得するまで何回も裾上げを繰り返している姿勢には、正直脱帽せざるを得なかった。

奴はしばらくして、故郷である鹿児島に戻り、地元のＴＶ局の関連会社に勤めた。僕が東京に出て、転勤で福岡に戻ってきた時に仲間たちが祝宴を開いてくれた時でも、わざわざ鹿児島から高速バスで駆けつけるような律儀な奴だった。久しぶりに先輩や後輩たちと楽しい時間を過ごして、二次会から三次会に移ろうと店を出た所で、シンタロウが最終の夜行バスで鹿児島に戻ると言い出した。次の日の早朝から仕事があるため、申し訳ないと頭を下げた。「コイツといるのが面倒くさいんだろう」などと周りの仲間から言われながら、酔っぱらって赤い顔をさらに赤くしながら、一生懸命否定していた姿が今でも目に浮かんでくる。それが、奴との最後の瞬間、今生の別れだった。

奴の訃報を聞いたのは、リーマンショックの余波で名古屋に転勤になり、父親の詩人生活区切りのパーティーに出席するために帰郷するセントレア名古屋国際空港のロビーで、同じ年の友人から電話を受けたときだった。

「シンタロウ、死んだよ」ポツリという友人に対して、「いきなり何言ってんだよ、馬鹿じゃねえの」と冗談かと思い笑いながら答えた。友人はそれに何も答えず受話器の向こうから嗚咽が聞こえてきた。

「マジかよ……」僕は空港ロビーのスタンドで立ち尽くした。そして「何とか言いやがれバカ野郎」と声を張り上げて友人をなじった。僕の声が空港の吹き抜けの中をコダマのように空しく響き、周りの旅行者が立ち止まって遠巻きにこちらを窺っていた。

それからポツリ、ポツリと友人は話し出したが、その内容は全く頭の中に入ってこなかった。ただ「自殺」という言葉だけが、意味を持たないまま頭の中をゆっくりと脳味噌の内壁にぶつかりながら、ピーンボールのようにはじかれていた。

「今日が通夜で、明日が告別式」僕は友人に「冷たい野郎だと思われても構わないけど、俺は出ないよ」と言って電話を切った。

シンタロウは既に結婚しており、子供もひとりいた。

僕は茫然自失のまま、空港の最終搭乗の呼び出しに背中を押されながら故郷に向かう飛行機に乗り込んだ。飛行機の窓から、下界の街の姿が視界から消え、雲の大国だけが目の前に広がっていた。僕は窓に頭を押し付けて「シンタロウ、この雲のどこかに居やがるのかな」と考えたら涙があふれてきた。実際、悲しいという気持ちはまるでなかったのに、ただ涙だけがとめどなく溢れてきた。周りを気にしながらハンカチで顔を覆っていると、CAが大丈夫かと尋ねてきたので、手で合図をするのが精いっぱいだった。正直、死んだシンタロウなんて見たくなかったし、自殺という言葉も奴には似合わなかった。

故郷についたら真逆の祝い事の準備で大わらわの最中だった。今は無き河川敷のホテルの宴会場で、自分の父親の晴れ舞台を誇らしい気持ちで眺めていた時、友達から電話が鳴った。「今、火葬が終わったよ。アイツ灰になっちまって」それだけ言って友達は黙ってしまった。そして「通夜でみんなと飲んだけど、オマエが来たらシンタロウの棺桶こじ開けてぶん殴ってただろうな」と言って力なく笑った。僕はホテルのトイレでしばらく泣いてから、会場に戻った。

あれからもうずいぶん時間が過ぎて、同じように葬式に行かなかった親友から、今年電話があった。

「よお、そろそろシンタロウを許してやろうと思ってな。行ってくるわ」と照れながらつぶやき「オマエ、どうする?」と聞かれたが、「まだやめとくわ」と答えた。「そうか、シンタロウと仲良かったもんな」そう言って電話を切った。

実際僕も、歳月が経って行くことに対してなんにも問題はなかったが、シンタロウの嫁さんや子供にかけてやるべき言葉がどうしても見つからなかった。それは今でもそうだ。

自殺の理由は、借金があったとか、仕事で行き詰まったとか仲間内で憶測が飛んでいたが、あんなにセンスのいい奴が、そんな薄らみっともない死に様を選ぶとはどうしても思えなかった。正直、太宰と同じように酔っぱらって二日酔いで死んだとしか。

安吾が言っていた「死ぬなんてそんな簡単なことをするもんじゃない」という言葉には素直に同意できるし、そいつがこれからできることを考えたらもったいなくて仕方がない。特攻で自分の意志とは関係なく散って行った英霊たちのことを考えると、死んで同じところへ行けるなんて到底思えない。

「みんな、マジで、そんな簡単で、バカげたこと考えるのはもうやめようぜ」

「シンタロウ、俺が死んでオマエが地獄にいても、必ず見つけ出してぶん殴ってやる。そして力づくでも天国へ連れて行ってやるから。それまで首を洗って待ってろ。シンタロウ」

#5

君にこの青い光は
届いただろうか？

夏の翳《かげ》り

八月も半ばを過ぎると、風向きが変わった。

濃厚な青の隙間から、時折涼やかな風が心の抜け殻を無情に揺らす。

嗚呼、僕の夏もいつしか過ぎ去ろうとしていた。

アパートメントの下にある、まだ緑の生い茂った桜の木から、バルコニーに蝉が一匹飛んできた。どこからか集まってきた鳥達から逃げてきたのだ。同時に別の蝉を咥えた鳥が僕の目の前を音もなくかすめた。

長い間、暗闇の中で夢見ていた夏が、その抜け殻だけを残して、蝉のあまりに短すぎる夏が、そこで潰えた。鳴くことさえも許されずに。

バルコニーの蝉も、声を無くしたように沈黙のまま動こうとしない。

クーラーの効いた窓辺からは、蝉に気付いた飼い猫が無邪気に狙っている。

蝉の逃げ場はどこにもない。そう僕と同じように。

今、このバルコニーだけが僕と蝉の安全地帯。

物干竿の先にとまった、逆さの蝉の黒い瞳に僕は映っているのか。

僕の瞳に蟬は映っているのだろうか。

僕らは塹壕に隠れた兵士のように、見つめあったまま息を詰めた。

蟬は捕食者から逃げている。僕は何から逃げているんだろう。

飛ぶこともできず獣にさえなれなかった僕らはこの蟬たちと何が違うのだろう。

どうせ死ぬのなら、僕は一体何のために生まれてきたんだろう。

すると、蟬が突然鳴きはじめた。「ミーンミーン！」精一杯デカい鳴き声で。

僕は慌てて、蟬の黒い瞳を見つめて制止した。刹那、鳥が再び飛来して、あっという間にその蟬をついばみ、大空へ飛翔した。蟬は力の限り鳴き続け、その声は遠ざかっても僕の耳に届いた。

その蟬の断末魔は「生きろ！」と叫ぶ声に聞こえた。

その蟬は短い夏を精一杯生き抜いたんだ。そして最期まで鳴きつづけた。

その時思い出したんだ。僕も泣きながら生まれてきた。精いっぱい泣くために、僕は生まれたんだと。その蟬の声が消えた青空に向かって僕は慟哭した。

その蟬に託された夏を、僕に残された夏を精一杯生きるために。

その涙が渇くころ、いつしか鈴虫が蟬のレクイエム（鎮魂歌）を奏で始めた。

気の早い秋風が蟬の抜け殻を揺らして、僕の翳りを優しくなでた。

今日の日までよく生きましたと。

終戦記念日、ウォーイズオーバー？
——戦争は終わったのか？

はじめに言っておく、僕は戦争に反対し「憲法9条」を支持する者だ。

成りたちはどうであれ、誰が作ったにせよ崇高な言霊に時代性は関係ない。憲法9条は言わばロマンだ。それが叶わない夢であっても持ち続けなければ男子とは言えない。男子の本懐だ。「男子の本懐」は声高に主張するものではないと考えている。個々が己の心の中にしっかりと持っていれば本来戦争なんて起こりようがない。しかも本来、破壊も殺戮も誰も望んでいないはずである。その筈だった。しかし、時代は劣化する。文化も人も、そして平和も。

平和はいつも戦わない者がぶち壊してきた。文化はいつしかメインカルチャーというものが影をひそめ、インターネットをはじめとするサブカルチャーが台頭し、ついには漫画が国を引っ張るコンテンツと化した。僕自身漫画は大好きだ。しかし、漫画は所詮漫画でメインカルチャーとは言えない。その漫画を現実のものにしたおかげで、いつしか漫画と現実の区別もつかなくなり、戦争もテロも、大国の指導者さえも漫画に成り果てようとしている。

いつしか僕らは小さくなり、馬鹿になった。一度も体を張ったこともない奴らが、一度も自分の手で何かを作り出したことのない奴らが、平和を壊そうとしている。先人たちが命がけで勝ち取った平和をも僕達がぶち壊そうとしている。

戦争アレルギーの大人たちは僕ら子供たちにありもしない平和を押し付けてきた。授業で教わった平和や協調など、実際の子供の社会に平和は存在しないのにもかかわらず、ただ戦争反対、武器の放棄だけを声高に訴えて、社会で理不尽な暴力にさらされている子供たちを見て見ぬふりをしてきた。人間が本来備える暴力性から目をそむけ、偽りの安寧を掲げて。僕らは孤立無援の中、致し方なく自分に打ちかかる火の粉は、その手で払った。小さな胸を痛めながら。そんな目の前の子供さえ救えない教師や親たちが社会の何を救えるというのか。

戦争を決して起こしてはいけないことは、それこそ子供だってわかっている。僕が子供の頃、かっこいいと夢中になった戦艦や戦車、戦闘機は本来人を殺す道具だ。だが、子供でもそれらをわかっていない訳じゃなかった。僕らは、それらを扱う人間そのものが戦争を引き起こしている事を理解していた。その残虐性も。しかし兵器は人間の英知の結晶で、その物達自体には機能美という動物にも似た美しさが内在している。だからこそかっこいいのだ。現にアメリカのP38ロッキード双発戦闘機のデザインは、車の黄金時代と言われる一九五〇年代の大きなテールフィンを持つ車に採用され、カーデザインに革命を起こし一世を風靡した。

戦争における残忍で浅ましい犯罪行為の陰で、勇敢に人間愛を貫いた兵士たちの話に感動し、戦争中という異常事態の中、個人においてフェアプレイの騎士道精神で戦った者たちがいたことを知った。僕らは学校では決して教えてくれなかったもう片方の戦争の真実を、見てはいけないと言われていた漫画や本から教わり、生き死によりも大切なことを知った。

戦争の真実には、人間の尊厳を賭けた個人の闘争が隠されている。悪意と憎悪の片方には、良心と忍耐、自己犠牲が必ず育まれている。本来物事に存在する光と影の、その片方だけ取り上げて、何が何でも平和だときれいごとを並べることは、レイシスト達が掲げる戦争賛美と何が違うのだろう。

先の大戦で散華した「特攻隊」の若者たちに、ただただ憐憫を掛けることだけが本当に正しいことなのだろうか。確かにそんなバカげたことに巻き込まれた彼らのことは心から痛ましく思う。彼らの無念さを考えると涙が止まらない。しかし彼らはどうしようもない時代という理不尽を小さな体で受け止め、無益だとわかっていながら、葛藤しながら、それでも行動した男達だ。悔しくても笑って死んでいった男達だ。なぜ、そんな彼らを戦争を知らない者達が憐れむことができるのだろうか。究極の状態の中、自らと格闘し、打ち勝った者達をなぜ人として称賛できないのだろうか。

現在、それを語ることはおろか、拝むことすらも、「戦争賛美」と同義語になっている。確かに、戦争中に子供だったどこかの小説家が、裕福で恵まれた環境にいた不良少年だったにもかかわらず、歪んだ選民意識を持ち、後に政治家になってからも変節を繰り返し、かつて批判した相手さえも賛美して、恥知らずにも本を出版する等出鱈目を繰り返している。そんな男が書いた「特攻隊」の小説が映画化されるような体たらくでは、世間的にそう思われても仕方がないと暗澹たる気持ちになる。

逆に平和の旗印のもとに、臭いものには蓋をしてきた教育機関は、戦争の真実を陳腐化した挙句、まるでＴＶゲームのように人の命を奪うような子供たちを量産してしまった。

平和を食いつぶして、劣化させたのは一体誰だ。僕はロマンを信じるものだ。人間が作り出した英知と勇気、自己犠牲とその先にある正義を信じるものだ。殺伐とした大地の上、累々と屍が横たわる地平線の向こうに男の光を見出すものだ。僕は「憲法９条」を心から支持する。ただ誰にも強制はしない。僕の中の戦争はまだ終わらない。

ダサい

確か八〇年代からよく使われるようになった言葉だと思うが、最近ではあまり使わないのかもしれない。通常その意味は格好イイの反対で使われている。僕らの世代はいまだに使っており、当時の友達と話をするとその前に〇〇と入れて更に汚い言葉だったりする。

通常、マイナスな言葉を投げかけられると当然腹も立つ訳だが、世間一般ではわからないが、くそダサいと友達から言われても全く腹も立たないどころか、おかしな話だがまるでエールの交換のような使い方になっている。

よく考えてみると、確かに言葉の出始めた頃には罵詈雑言に近い形で使っていたと思うが、いつしかその言葉の意味さえ真逆になっているということに気付いた。思い起こせば昔「ダサい」と言われて親友とケンカになった記憶がよみがえった。何のことをダサいと言われたのかはもう忘れてしまったが、とにかくその言葉をきっかけにつかみ合いになって周りに止められた。

しかし、そんなことも忘れた頃にその親友から「カッコイイからダサいんだぜ」と禅問答みたいなことを言われ、「?」という顔をした僕に、「だって本当にダサい奴にダサいとは言わないだろ?」と笑っていた。

つまり、死んだ犬は蹴られない訳で、日頃カッコイイと思っているからこそ自分が持つ印象と違ったカッコ悪さを感じた時に「ダサい」と言ってしまうのだろうと思う。やみくもに否定語でダサいを連発するのは本来言葉の意味が分かっていないのか、憧れとコンプレックスを込めたモノなのかもしれない。

そういう訳で、僕らの中では「ダサい」はエールで「くそダサい」は最上級の褒め言葉ということになっている。

最近では「イケてない」というのが「ダサい」の代わりに使われているようだが何を以てイケてないのか見当もつかない。しかも「ダサい」のように断定ではないところが良くも悪くも時代性を感じてしまう。僕自身「ダサい」と言われても何も思わないが「イケてない」と言われれば腹を立ててしまうのかもしれない。

「何がイケてねえのか、分かるように説明してみろよコノヤロウ!」となる。

僕はバイク乗りだが、最近バイクに乗っている人間は僕らの頃からすると高感度でファッションも正直スタイリッシュに見える。

僕らの頃まで、昔からバイク乗りはファッションセンスがなくて「ダサい」のが当たり前で、ダサくてもバイクと走りがカッコ良ければそれで良しとされた。実際、八〇年代に起こったレーサーレプリカ全盛の頃には、革ツナギの上からチーム名の入った袖がないボロボロのトレーナーを着て走っていた。今のように、高価で新品の革ツナギを着て、峠に出てしかも走りが遅いものならば「ツナギだけ走っててんじゃねえよ」「口だけレーサーかよ」と軽蔑の対象ですらあった。当時僕らはリアリティというものに拘っていたし、今もそういう考え方がベースにあるのかもしれない。

元来、その人のリアリティが万人受けするのは無理な話で、それはポピュラーとは対極にあるものである。そういった意味でも「ダサい」と否定されるものこそ、僕らが求めているリアリティそのものかもしれない。

リアリティという面では昔は服装でその人が何者なのか、どれくらいの格なのかが判断できたが、最近ではモトGPからそのまま出てきたようなプロレーサースタイルやアメリカのバイカーギャングと変わらないアウトロースタイルのライダーをよく見かける。しかも革ベストには「1%er」のダイヤモンドパッチまでついている。

「1%er」というのは、AMAというアメリカのバイク協会で、所謂悪いバイク乗りは、すべてのバイク乗りの中の「1%er」だ、という皮肉からアウトローバイカー達が自身のアティチュード（姿勢）を示すために付け始めたパッチだ。「1%er」というのは彼らのリアリティそのものである。はっきり言って、そんなものをつけてアメリカで走ろうものならばいつ銃撃されてもおかしくないシロモノである。

知ってか知らずか、明らかに身なりの良いおじさんに見えるハーレー乗りが、そんな代物を平気でつけて走っている日本はやはり平和だと言えるのかもしれない。

ここ最近では、格差社会の「すべての金持ちは全体の1％er」という意味でつかわれ始めた。本当に皮肉な時代になったものだと暗澹たる気持ちになった。

僕は時代的に死語になりつつある「ダサい」人間でこれからもあり続けよう。いくら金持ちでも人の痛みがわからないような上っ面だけ「イケてる」人間にはなりたくない。「ダサい」僕ら自身、時代的には「1％er」なのかもしれない。

捨てられなかったもの

今まで僕はモノに対して執着心がある方だと思っていた。

それは子供のころから何かと色々なモノを集めてきたのだが、振り返ってみると拘《こだわ》って二十年以上集めているモノはビンテージのレザージャケット。

それもつい最近、すべてではないが大半を手放してしまった。それでも、何十年も手元に残っているモノはあるわけだが、意外にもそれらはあまり執着していないモノたちだったりする。というよりも何故残っているのかすらわからない。正直、無意識で残っていたと言えばそういうことになるのかもしれない。

意識しているモノ、これはヒトにも当てはまると思うが、何かとその時の状況やその場の感情で、壊してしまったり捨ててしまって後悔していることが多く、逆に無意識だが自分の傍にあるものは、時を経ても当たり前のようにそこへあることの方が多い。人間関係でも空気のような関係性が一番長続きするというが、モノもそれに近いのかもしれない。

僕自身、いままで引っ越しが多かったため、その度に物理的な理由で強制的に断捨離をせざるを得なかった状況があった。その都度好きなモノであっても結構豪快に処分してきた訳だが、さすがに捨てるという選択肢はほとんど選ばなかった。家族や知人にあげたりというパターンが多かった。

しかし、それは自分の手元になくても、身近な人たちがたまに身に着けている所を見ると不思議と喪失感というものは感じないものだ。しかも、洋服の場合、自分と違った着こなしをしているところを見るのも、タンスにしまいこんでいた洋服に新たな道を見つけてあげたようで愉快なものである。

そんな中、いつしか鍵の壊れた古いトランクに無意識に溜ってゆくモノ達があった。それはあまり邪魔にならない、本当に細々したものや手紙等かさばらないものが多かったが、何故か捨てられず、かつ物理的な影響がないモノばかりが数十年分集まっていた。

それは普段も開けることはなかったが、存在も忘れた頃に不意にトランクを見つけて「何が入ってたっけ？」と開いてみることが稀にある程度のものだった。見た所で別に捨ててもいいモノばかりではあるが、そんなことを繰り返してふと気づけば、日本中を旅したそのトランクの重量もかなりのものになり、いつしかそれらは何十年もの間の僕の存在を示す唯一の証拠だと思えるようになった。

だからと言って、別になくなったとしても困らない物ばかりなのだが、時系列で手紙や細々したものを並べてみると、実際的には記憶すらあいまいな僕の軌跡がありありと実体として目の前にあることに、自分でも意外なほど感慨もひとしおだった。手紙に限らず、中には黄ばんだ昔のレシートなんかも混じっており、その日時、買ったモノがプリントされた文字の羅列の向こうには、過ぎた日の情景が鮮明に蘇ってくる。これはそこいらにある本なんかよりよほど面白い読み物と言えた。

だからと言って、今現在のレシートをとっておこうとは思わないが、つまらないモノでも年月が経つことで所謂ビンテージの趣になるんだと実感する出来事だった。

これから更に年月が経ったとして、あのトランクには何が残っているのだろう。ひとつ言えることとして、それが唯一、正確に僕自身の存在を証明してくれる正真正銘の僕の生きた証だということだ。

結論としては「捨てられない」と意識しているものほど捨てていて、そうでもないものがずっと残っている。

近年警鐘が鳴らされているエコロジーでいえば、普段は誰も意識すらしない、この地球や空気を意識しなければいけない日が来るなんてかつては考えもしなかった。これは「戦争」と「平和」の関係性においても同じことが言えるのかもしれない。本来、平和は意識しないモノであって、そんな「平和」を意識する状況というのは恐らく異常な状況であるに違いない。

平和を意識すればするほど逆に「平和」は遠のき、そこには軍靴の足音が近づいてくる。戦後七十年あまり、戦後と言っているのは日本だけで、世界中で紛争の火種が消えることはない。誰かが平和を叫んでいる以上、到底それは平和とは言えない。世界中で声高に平和を叫ばなくてもよい日が来るのはいつのことだろう。世界ですべての叫びがなくなった時こそが「真の終戦記念日」と言えるのではないだろうか。無意識って本当はとても幸せなことだ。

必要悪

凶悪事件の低年齢化が進んでいる。テレビではまだあどけない顔をした少年が集団リンチを受け死亡したという事件が連日放送されている。まだ幼い少年や少女がそのような残忍で陰惨な事件に巻き込まれたことは本当に胸が痛む。

ネットでは未成年の犯人の顔さえも公開されている状況があるが（それはそれで何て時代だと溜息が出るが）そんな罪を犯した少年を見ても、華奢で不良少年には到底見えない。むしろ、僕らが青春時代を過ごした時期に比べると、真面目な子供のようにも見える。「ウソをついた」という理由で暴行を受けて死亡したそうだが、「ウソをつくな」ということ自体は間違ってはいない。ただし、犯した罪の中身を見ると、到底人間の所業とは思えない悪質で陰惨な目をそむけたくなるような内容だ。

こういったことは今に始まったことではないが、当時はプロの極道者になるようなトップにいた不良たちが、そこまで凶悪な犯罪を犯したという話はほとんど聞いたことがなく、逆に中途半端な不良達に限って凶悪傾向が強かったような気がする。実際僕らの周りには、同世代の不良少年ばかりではなく、もっと年上のおっかないお兄さんやおじさんたちが沢山いて、今思えば僕らは事あるごとに説教をされていた。時にはヤキを入れられるという暴力もあったが、そこで限度や加減というものを叩きこまれたような気がする。

不良の世界の序列も、極道、右翼団体、大学の格闘技系部活、空手道場やボクシングジムを頂点に、規律の厳しい統制のとれている暴走族（これは暴走族というよりも喧嘩専門で大勢で軽トラに乗って逆に暴走族の集会つぶしを目的にしていたチームもあった）や極道の下部組織の愚連隊、その下に軟派な暴走族やフリーのチンピラ（単にヨゴレと言われていた成人者）そして所謂つっぱりと呼ばれるどこにも属してはいないが学校単位で集まっている不良少年というのがヒエラルキーだった。要するに不良の格好や行いはリスクを取った者にのみ許されていたわけで、リスクも取らずに恰好だけをまねたり不良の真似事をすることは許されない時代だった。

動物の世界でも本来猛獣猛禽類はめったやたらに弱い動物は襲わないし、逆にコバンザメのように猛獣猛禽と共に共存共栄している種も多い。テレビでは可哀そうな草食動物が猛獣に襲われるシーンが良く出てくるが、群れを離れた猛獣が逆に草食動物からやられているケースも少なくないと聞く。それぞれどちらが強いという理屈ではなく、自然界のルールに従って自分のテリトリーでつつましくやっているだけだ。

当時、不良の頭と言われたトップも、ただ腕っぷしが強いだけでは到底なれるものではないし、どこの世界でもそうだが、そこには統率力や思いやりといった人徳が備わっていないとなれなかったものだ。勿論、現代のいじめのような弱い者いじめは存在していたが、そのような存在があったため、限度があり現在のような陰惨な事件になることも稀だった。そうなる前にヒエラルキーの抑止力が作用していたと言えるのかもしれない。

当時は、トップの不良連中が捕まるのも、自分が犯した罪というよりチームが摘発される過程で責任を取らされたりすることがほとんどだった。チーム同士の抗争の場合も、トップ同士の場合、ほとんど手は出さず掛け合いという、話し合いやタイマンと呼ばれる一対一の喧嘩やゴチャマンと呼ばれる幹部数人同士の喧嘩で事は納まった。

最近の少年たちが起こす凶悪犯罪を、テレビで専門家たちが解説していたりするが、そのほとんどが社会のせいであったり、教育のせい、親のせいであったり、加害者本人達も犠牲者であるような解説がほとんどだ。もちろんそういった側面もあることはあるだろう。しかし犯罪はどう考えても犯した本人が悪いわけであり、モノの善悪などは小学校に上がる前の子供だってわかっている場合が多い。どうみても誰にも殴られたことすらない甘えたガキが限度もわからず調子に乗って暴走したに過ぎないと思う。

これは動物の性《さが》だと言えるのかもしれないが、弱いものは更に弱いものを攻撃対象にする。これは生存競争の原理で、ある意味仕方がないことではあるが、ただそこにフェアな考え方ができるトップがいるような秩序さえあれば、その行為自体は抑制できると考えている。これは国という単位においてもそういえるのかもしれない。

犯罪行為や違法行為は決して許されることではないが、こんなアブノーマルな状況になる過程で、何もかもを「悪」と決めつけて排除してきた結果、本来あった調和が壊れてしまった側面もあるのかもしれない。

文献か何かで読んだが、幕末において薩摩藩や会津藩でもあった正式な制度だが、例えば会津藩には「辺」「什」という少年組織があった。「什」というのは、近所の少年達の集団グループのような性質のもので、この什には「什の掟」という、「うそを言ってはなりませぬ」や「弱い者をいじめてはなりませぬ」という七つの掟があった。かの有名な「ならぬことはならぬものです」という、会津藩独特の教育指針とも言えるこの言葉は、実はこの「什の掟」から来ている。

会津藩の藩校は、一八〇三（享和三）年に完成した「日新館」というものだが、この日新館に入学できるのは十歳になってからで、日新館に入学するまでの間、会津藩の武家に生まれた子供達は、「什」という組織ごとに集団教育を受けていた。什には「什長《じゅうちょう》」と呼ばれるグループ内のリーダーがおり、毎日午後になると、どこかの家の座敷を借り受けて、同じ什の年少者を集めて、先程の「什の掟」を訓示する習慣があった。

このように「什」というものは、武家の年少者達が集まって構成された一つの集団的教育組織のことを言うわけで、一方「辺」はと言うと、町内の区画によって定められた「什」の統括を行う、青年達の集団組織といった性質のものだった。この「辺」という形で組織化された会津藩士達は、辺同士が互いに競い合う形で教育が行われており、辺同士の競争意識は非常に激しかったと伝えられている。このあたりは僕らが少年時代、遊び場を巡ってケンカをしていた状況によく似ている。このように会津藩の「辺」教育とは、簡単に言うならば、町内の区画ごとに設けられた青少年達の所属した自治的な教育制度（組織）の総称と言える。

会津藩の「辺」や「什」は、薩摩藩で言えば、「方限」や「郷中」と呼ばれるものとほぼ同じ概念で、薩摩藩では、町内ごとに、つまり方限ごとに、そこに居住する青少年達が組織を作り、自治的に教育を行う習慣があった。僕らの時も同世代であったトラブルは少し年上の相談役の人たちが間に入ることで解決したケースが多い。薩摩藩の郷中教育でも、前述した会津藩の「什の掟」と同じように、「負けるな」「ウソをつくな」「弱いものをいじめるな」といったような同様の訓戒事項があり「負けるな」というのは、いかにも薩摩隼人らしい独特の言葉だが、他の二つについて言えば、会津藩の「什の掟」と内容は同じ。このあたりにも、薩摩藩と会津藩の教育制度が非常に似通っている点があるのではないかと書いてあったと思う。

これらは、ぼくらが少年時代に実際に経験した事柄と重なるところも多い。学校で教える当たり前のことを言っているようだが、決定的に違うのは少年たちの世界にとって教師や親は抑止力にはなり得ないということだ。僕も困った時に助けてくれたのは教師ではなく友人や先輩だった。僕にとっては当時の友人たちが「仕」であり「辺」だったのかもしれない。

話は変わるが、不良の世界では刑務所に入ることで箔がつくと言った側面もあったが、僕らの頃は、一流の不良はつかまらないという逆の迷信もあった。それは単に、ずるがしこいとか自分の手を汚さないという側面もあったのかもしれないが、なにより、世間的には不良と呼ばれてはいるが、人間としても人徳があり、卑怯な真似も弱い者いじめも決してしない勧善懲悪が不良としてカッコイイという美意識に他ならない。それに、有名な学生番長とか暴走族の頭より喧嘩が強いと言われる伝説の不良が必ず存在していた。僕らは見たこともないその不良に憧れて、都市伝説を語り合ったものだ。これは日本に古くからある妖怪や物の怪の類に話は似ているのかもしれないが、そのような伝説が抑止力になったり憧れになって、自分たちの行いを不良なりに律していたことは確かだ。

僕が憧れた実在の先輩は、「不良なんかやめちまえ」と言っていたし、僕に大学へ進学するよう勧めてくれた。彼は常に後輩たちの身を案じて、その尻拭いに奔走していた。その人も最初から愚連隊を作りたかったわけではなく、いつの間にか祭り上げられて、仕方なくそのポジションにいるといった感じだったと思う。最後に聞いた話では、チームメンバーがしでかした違法行為の罪を問われ、チームは解散し、逮捕されたと聞いた。先輩たちは僕から見て一流の不良であったが、迷信は通用せずに実際は逮捕されてしまった。今はどこにいるのかもわからないが、元々立派で真っ当な人物だっただけに、環境がゆるせば一角の大人物になっていただろうと悔やまれる。

それは、僕の友人においても同じことが言える。知らないうちはそれこそ物の怪の類の話しか入ってこなかったが、実際腹を割って話してみると本当に気のいい奴らが多かった。

ネットでは、何も知らない部外者たちがエピソードを掻い摘んで、面白おかしく虚飾や嘘を含めて書き立てているが、真実はまた別の所にある。

犯罪行為を犯すような少年たちは、そういった都市伝説や漫画と一緒くたになった虚像を真実だと受け止め、弱い者同士でマネしてやっているようにしか見えない。当然漫画では、幾らやられても痛くはないし、人も死なない。また、真実であっても、現在こういう話はすぐ武勇伝とか中二病とか言われて軽蔑の対象になるが、殴られたこともないような、実際不良でもないただの甘えた犯罪者のことを、実際不良でもなかったような評論家や教育者が話したところで、それが何の解決になるのだろう。

そういう知識人達は、一方では彼らのことを子ども扱いし、もう一方では未熟な彼らに責任を取らせようとしている。何たる無責任、何たる欺瞞《ぎまん》だ。

犯罪を起こすような若い彼らを見ていると、怖いものがないように見えるが、これは怖いものがないわけではなく、ただ単に怖いものを知らないだけだ。恐怖はすぐ否定されるが、この恐怖心がなければ本当の尊厳（リスペクト）も生まれはしないし、逆に言えば尊厳を知らないから歯止めがかからず暴走してしまうのだろう。僕も暴力は反対だ、できることならばみんなと楽しくやっていきたい。しかし世界は未だ暴力に溢れている。

亡くなった少年も、はじめは仲間になりたくて金品を渡していたのだろう。それがエスカレートして強制的に万引きさせられたりした結果、嘘をついて会わないようにするしか手立てがなかったのだろう。

これは、事なかれ主義で、ありもしない平和思想で凝り固まった教育者や大人たちの責任でもある。少年達が死亡する、または死亡させるという究極の状況へ追いやったのは、我々大人たちかもしれない。

少年達よ、悲しいことだが、子供であっても自分に降りかかった火の粉は、その手で払うしかない。大人達よ理屈は抜きだ、子供を殺すな。

タイトルに「必要悪」と書いたが「悪」っていったいなんだろう。

世代の功罪（ジェネレーションギャップ）

同世代の友人と昔話をする中で、自分たちの世代が現在のこのカオスを作り出したのかもしれないという話になった。

掻い摘んで話をすると、一九六〇年代において、所謂カウンターカルチャーと言われる新しい概念が誕生した。言わばヒッピー文化のように主流の体制文化に対する文化という意味だが、それがファッションという形で成就して、多様化したのが一九八〇年代だったような気がする。それは、一九六〇〜七〇年代までの学生運動をはじめとした社会に対する反抗から、ミニマムな反抗へと変わっていき、一部は校内暴力や家庭内暴力といった、個々の権威に対して反抗するというスタイルに推移してゆく時期だった。世相もバブル期と言われる高度成長のピークに向かって、貧富の差が少なくなり中流層が当たり前になっている時期とも重なっている。

そんな中、まだ学校や親といった身近な権威が存在しており、同世代間でもバンカラで硬派な不良の概念から、当時ニューウェーブと呼ばれたパンクをはじめとする新しいスタイルが、日進月歩で多様化していった時期だ。政治におけるコンサバティブ（保守）とリベラル（中道）、ラディカル（過激）のような状況にも似ているが、当時は新しい概念をモットーとするラディカルの方が少数派だった。現在の政治においては、もはや三つのイデオロギーは意味を持たない状況になってしまっている。リベラルと名乗る政党も現在何を以て中道なのかが良くわからない状況ともいえる。

当時の僕は、ファッションにおいてどちらかと言えばコンサバだったと思うが、それに息苦しさを感じて徐々にリベラルに移行していったようにも思う。とにかく新しくて自由な概念やポリシーをファッションという形で試しまくった時期でもある。大勢が保守だった当時、言わばラディカルに変化することは排他的リスクを伴っていたが、僕たちの一部は率先して新しい概念に飛び込んでいったように思う。

そういったこともあり、反面教師的に、先輩達から受けていたような理不尽な仕打ちは、極力下の世代にはやらなかったように思う。当時、本心では年功序列という考え方もナンセンスだと思っていたことも確かだ。しかし今考えれば、それでも上を立てることをやらないと当然自分の身が危ない現実もあったものの、単純に自分より早くこの世に生まれ空気を吸っているという儒教的な現実に対しては敬意もあったと思う。当然それらは思ってはいても表に出すことは稀だった。

しかし当時は現在のようにカウンターカルチャー（サブカルチャー）自体が体制の本流になる

とは夢にも思わなかった。リオオリンピックの閉会式でも、わが国の首相がゲームのキャラクターになって、ゲームのように土管から出てきた。確かに出し物としては面白いが、これは漫画ではなく現実に世界が見ている前での我が国のトップオフィシャルの場なのだ。

既にクールジャパンという国のコンテンツになってしまったゲームやアニメではあるが、かつてそれらサブカルチャーをけん引してきた新人類と呼ばれた僕らでさえ、この現実には引いてしまう。

元々ラディカル思考で新しいものに一定の理解はあったが、現在のメディアも含めた状況に関しては首をひねってしまうことが多い。実際これをジェネレーションギャップというのだろうか。もしくはコンサバ（保守）の隣にラディカル（過激）があっただけなのか。自分でもよくわからない。

社会人になってから、昔いたチームに所属していたという十歳以上離れた後輩と話をする機会があったが、曰く、彼以降の世代は先輩後輩という垣根がなくなって、先輩でも直上以外には敬語も使わないという話だった。

確かに僕らも当時、心の中ではみっともないことをする先輩に対してはそう思っていたこともあったが、それを表に出すことはなかったし、ましてや目上の人間にタメ口を利くことはリスクを伴い、イコール決別するくらいの覚悟でやっていたと思う。彼自身は礼儀正しく、僕を

OBとしてリスペクトしてくれているようだったが、チーム名は同じでも、元々僕らの遊びの延長から始まったチームは、彼の頃には凶悪化しており、内情は全く違うものになっているという印象を受けた。

僕らの上の世代でも、六十年安保等、当時学生運動をしていた全共闘と呼ばれる世代があるが、これも当初の崇高な理念が途中からラディカルに変わり、最終的には仲間内で殺しあって自滅してしまった。この世代の人も、世間をサヨクアレルギーにしたジレンマを感じているのか、その中枢にいた人ほどあまり当時のことを語りたがらない。周りで吠えているのは、いつも闘わなかった人間ばかりだ。下の世代の僕らは真実を知りたかった。それは今でも。

最初の話に戻るが、友人は、自分たちの世代が甘かったから下の世代が増長した結果、現在のように凶悪犯罪が頻発するような事態になっているのではないかという話だった。世代の責任という点で、それはある意味正しいかもしれない。僕らも体制という反抗できる対象があったから、カウンターカルチャー（サブカルチャー）を支持していたわけで、今となっては当初の志を失って劣化し続けているにもかかわらず、メインカルチャーに取って代わったサブカルチャーやファッションは見たくなかった。かといって、途中気付いていたにも関わらず、それを受け流して指摘してこなかった責任が自分達にもあるのかもしれないと思った。これらはレベルは随分違うが、戦中派の先人たちが戦後口を閉ざして戦争の真実を語らなかったパターンに少し似ているのかもしれない。

本来両面ある物事の本質に関して「平和」のみを語ることも子供のころから少し違うような気がしてならなかった。現に戦争を知らない僕ら世代においても、ミニマムではあるが少年時代には確かに身近で争いがあり、子供同士や教師との争いではあっても、僕ら自身十分に傷ついていた。授業で平和と協調を教えられてはいたが、身の回りには理不尽さが溢れていた。しかもみんなは戦後と言っていたが、世界で戦争の火種が消えることは今だにない。それどころか、以前では考えられない残忍で陰惨な戦争の実態が、インターネットで誰でも見られるような状況になっている。これで本当に「平和」だと言えるのだろうか。

僕らも、自分たちが少年時代経験したことの側面しか語らず、誤解されている現状をパロディとして受け流してきた。あげくに、自分たちが実際に生きた時代さえも「バブル」の一言で陳腐化され、それに薄ら笑いを浮かべて同調している現実がある。そのことすべてが、真実を見えにくくして、実際にあった良いことまでも時代の波に飲み込ませてしまった。

言わば僕らが真実を語らないことが、ジェネレーションギャップを生んできたのだ。それを知らない世代に対して責任を放棄してきた傍観的態度に他ならない。これは、僕らが子供の頃大人から受けてきた無責任な「傍観」と同じことを、僕らも下の世代にしてきたということだ。「傍観」は「無責任」を生み、「無責任」は無意味な「暴力」を容認する。また逆もある。僕達は無意識のうちに、暴力アレルギーは「反面教師」という呪縛によって、傍観を生み、無意味な暴力を生み続けている。限度はその限界を知っている人間にしか語りえないし、エスカレートした物事はそう簡単に元には戻らない。

限度と言えば、人間がコントロールできないことを露呈している原子力についても同じことが言えるのかもしれない。原子力もその限界を知っているのは、広島、長崎をはじめとするすべての被曝者、そしてそれを語れるのも我々日本人だけだ。

そう、どこかで止めなければいけない。ラディカル（過激）が当たり前になって、更なるラディカル（超過激）という爆弾を生み出す前に。

ウルフパック

　ダイバーシティという言葉を耳にすることが多くなった。多様性都市という意味で個人や集団における違いを認めて、シームレスなマネジメントを行ってゆく考え方だと聞いた。特にハンディキャッパー等、社会的弱者といわれる立場を尊重してインフラ作りをするというのは大いに結構なことだと思う。

　しかし、社会は偏見や差別に溢れて、今までイデオロギーという怪物は、人や街をシームレスにするどころか、破壊と殺戮を繰り返してきた。それは思想的に右であれ左であれ、宗教も含めて同じことだ。

　歴史は繰り返す、生存競争という名の性だと言い切ってしまえばそこで話は終わってしまうが、必ずしもそうとは言い切れない。

　アメリカで数匹の狼が生態系を取り戻したケースがある。世界最古の国立公園であるアメリカのイエローストーン国立公園では、既に七十年前には狼が絶滅していた。近年の異常気象の関係もあって、一部は砂漠化の一途をたどっており、わずかに残った野草も大量発生した鹿によって食い尽くされようとしていた。

ある研究者が、「バタフライ効果」即ち風が吹いて桶屋が儲かるのと同じで、はじめの蝶の羽ばたきによって遠くの気象条件に影響を与えるという、寓話に近いような連鎖反応を示す効果のことだが、これを公園内の生態系で実験を試みた。

その時は蝶ではなく既に絶滅危惧種で保護されていた数頭の狼（ウルフパック）を一九九〇年代その地に放った。それから十数年後、その地に劇的な生態系の変化が起こったというのだ。公園内の草木を食べつくす勢いで繁殖していた鹿が狼の出現によって活動を制限され、まずは牧草地帯が復活した。

木が増えたことにより、続いて様々な動物たちがそこへ戻ってきて、森のインフラ工事の専門家と言われているビーバーが川の流れを変え、今まで自然災害で浸食されていた川岸の至る所に水たまりができ、そこへ小動物や魚類までもが集まってきた。

結果的に、二十年足らずで絶滅危惧種だった狼も指定を解除され、公園は再び産業革命以前の姿に戻ったという。捕食者のアイコンとして存在している狼が、存在だけで世界を正常に戻したという例である。

実際、狼自体も人間社会によく似た序列社会で、よく言われる一匹狼みたいな存在ではほぼ生き残ることは不可能だと言われている。しかも、研究では肉体的な強弱だけが必ずしも序列の上下にかかわることはないとも。人間との違いといえば我々のように獲物を独占するようなことはなく、自分たちが最低限生きていける以外には獲物も取ることはない。

人間社会にもよく狼に比喩される人間がいるが、そのほとんどがパブリックイメージの表面上の話で、僕の経験上本当に虎や狼に比喩される人間はごく一部で、そのほとんどが見た目ではそうは見えない。しかも、社会秩序の中での生き残りをかけた生存競争では、一見弱者と思われている鹿やネズミの方が、限度もわからずそこら中を食い尽くしているように思えてならない。

僕は、弱者を保護するという意見には全面的に賛成だが、弱者が少なくとも善とは限らないし、時と場合によっては強者が悪とも限らない。バランスの問題だと言えるのかもしれないが、少なくとも選挙で声高に叫ばれているキャッチフレーズやマニフェストを実行したところで、新たな偏りを生み、それは結果的に多様性を奪い一元化にしかつながらないような気がしてならない。しかも、グローバル社会といわれる現代において、インターネットなどでシームレスになったことが逆に多様性を奪い、互いの文化や宗教を誹謗中傷する中で、最終的には破壊という結果に結びついているのではないかとも考えてしまう。

僕は経験の中で、人間社会で平等というものはありえないし、闘争の中にも真実があることを、身をもって知った。致し方ない生存競争の中で、人間の知恵でもっとも偉大なことは「フェア」に考えることができることだと思う。あまりに弱者が優先されている状況もフェアとは言えないし、強者が力を独り占めして行使することもフェアではない。

しかし、今の世界情勢を見るにつけ、平和な日本でこうして食えていて、何不自由なく過ごせる立場の僕自身、フェアであるとは言い難い。自分自身がフェアだったと感じるのは、やはり何も持たなかった学生時代の方だと胸を張って言えるのかもしれない。

僕は狼にはなれなかったが、周りにはウルフパックのような仲間がいた。特に学生時代のウルフパックは思い出深い。そして寄り添っていた。しかし、動物の常で本人達が思う思わざるに関係なく、時の流れでどんどん状況は変わってゆく。何も持たない僕らは、独特の嗅覚でいつしか一緒にいるようになったが、群れが増えるとコントロールが利かなくなり、結局、僕ら自身がバラバラになることで事態を納めるしかなかった。

力を持つことは、時に全く望まぬ事態を生んでゆく。「破壊」それだけだ。ならば、力なんて持たない方がいい、目の前にいる愛するものだけに体を張れればそれでいいんだ。

インターネットで狼の写真を見ている僕に「動物占いはあなたコアラでしょ」と、動物占いでは「黒豹」である呆れた妻に返す言葉もなく、僕はそんなことを考えていた。

8月32日

今日で八月も終わる。

子供の時ほど感慨は少ないが、夏の終わりはそれでもどこか切ないものだ。

課題に追われた夏休み後半、友達と「宿題もよく熟成して食べ頃ですな」と笑い合いながら溜息をついていた。三十一日にもなると、開き直ったり、それでも黙々と升目を埋めたり、それは夏の思い出を何も考えず心の中で整理するには良い時間だったのかもしれない。

ぎりぎりになってあと一日あればと考えても、容赦なく九月が始まる。

しかし、現実の世界では不可能だが、ゲームの世界ではそれがあった。

タイトルの八月三十二日だが、これは二〇〇〇年に発売された「ぼくのなつやすみ」という累計百万本以上のセールスを記録したゲームソフトのバグで、実際出てきた日付だ。バグというのはプレイの中で、ある一定の条件が重なるとプログラミングのミスにより、ゲームにおける想定外の現象を指している。

「ぼくのなつやすみ」自体は一九七〇年代の少し懐かしい風情を下敷きに、主人公の小学生が夏休みに田舎に帰って、ゲームの中で様々な自然や人々との交流を通じて成長してゆくというシミュレーション育成ゲームだが、想定外のバグに現れた、ありえない日付でのゲームの出来事はまるで悪夢のように見えた。

実際ホラーゲームでも何でもない筈のほのぼのとした画面では、突如デッサンが崩れた主人公が登場して、周りの家族も体の一部が消えていたり、今まで聞こえていた蝉の鳴き声がなくなり、交わす会話も聞いたことがないような言語に変わっているというのだ。さらに日付が進むとそれらの事態は更に悪化して、八月三十六日になるとゲームが止まり元へ戻れなくなる。これが、意図的ではなくゲームの作者もバグだったと発言しているが、自然の摂理に逆らった結果を見ているようで、この話を聞いたときに、背筋にうすら寒いものを感じた。

僕自身はこのゲームをプレイしたことはないが、元々当時三十代の大人に向けた時代設定であり、言わば親子で楽しむような体裁のゲームだと聞いた。実際、子供の心境で考えると、僕らも思ったように夏休みがあと一日あればなあというのは子供ならではの想像だが、これがゲームとはいえありえない日付が目の前に現れて、ましてやホラーゲームのような不気味なものを見せられたら、僕ならば間違いなくトラウマになっていただろう。

僕で言えばそれは、絶対だと思っていたものが違うとわかった時の衝撃に似ているのかもしれない。自分が立っている場所がブヨブヨと柔らかくなり、自分の周りの風景が曖昧になってゆく感覚なのかもしれない。

しかし、そのような不安な感覚になることが二〇〇〇年以降数回あった。

現在におけるテロとの戦いの発端となったのは二〇〇一年アメリカの同時多発テロだと言われているが、あのニュースを聞いた時も尋常ではない恐ろしさと不安を感じた。その不安は、最近のテロや残虐な破壊行為を見る限り、現実のものとなっている。テロリストはインターネットを利用して、自分たちの残虐行為をむしろ率先して配信することで、恐怖によって抑止力を作ろうとしている。

反対に国家における近年の戦争のあり方を見ても、兵士は遠隔地から無人機をまるでゲームそのままのやり方でモニター上で操作し、結果殺戮をしている。実際、アメリカ軍においては、インターネット上の優秀なゲーマーからそれら兵士をリクルートしているとまで言われている。かつては、これは漫画の世界だからとか、ゲームの世界だからというのは、それこそ遊んでいた子供でさえわかっていたことだが、今ではその境界線も曖昧になって、国家レベルでその中枢にいる優秀な大人たちが率先してそうしているようにしか思えない。

ゲームや漫画の世界では、ヒット作を作り出すために更なる過激さが求められている。現実とバーチャルと見分けがつかない現状でも、同じ状況になっているのではないだろうか。

僕らが子供の頃、これに警鐘を鳴らしている人々もいたが、いつしかそれが現実のものとなってしまった。

少し冷静に考えてほしい、これではまるで、ゲームじゃないか。

ＩＳなどのテロリストは近代国家のゆがみが生んだ言わばバグだ。

バグと同じ土俵でそのまま操作すれば、ゲームは止まるに決まっている。

僕達はいつの間にか越えてはいけないラインを越えてしまい、今ではゲームの中の世界だった八月三十二日を生きているのかもしれない。

いつのまにか現実がホラーに変わってしまった現代、すぐにこのバグったゲームをやめてしまわなければならない。

このまま続けて、人類生存のゲームが止まってしまう前に。

目を覚まそう、夏休みは、永遠には続かない。

ハロウィン

カボチャの季節がやってきた。この祭りは、僕には特別な意味を持つ。

二十代の初め、年号が変わって暫くしたころ、その頃はまだ珍しかったハロウィンを街の活性化につなげようと都心の若手経営者が中心となって実行委員会を設立した。そのころ僕が所属していた広告制作会社が、その事務局をやることになり、ライター見習いをしていた僕に事務局員として白羽の矢が立った。当時は僕自身、ハロウィンなんてあまり聞いたことがなく、何やら仮装して練り歩くお祭りだというあいまいな認識しかなかったが、少ない文献や情報を手掛かりに僕なりに自分のハロウィン像というものを作り上げた。

すべての祭りの意味は、古くから民衆のガス抜きや同じテーマでのコミュニケーションの場だと思うが、このハロウィンに関していえば、仮装すなわち仮面をかぶることで自分の素性を隠して、自己を開放する意味があるのではないかとその時思った。加えてその仮装もお化けだとかモンスターに変身して、人間が日常生活で隠している言わばもうひとつの顔を仮装という形で表現しているのではないかとも思える。これを平和的にお祭りとして楽しむのがハロウィンの本質ではないかと漠然と規定していたように思う。実際、規定しておかないと担当だった小口の協賛店集めの際に、質問されたときに難儀するのは目に見えていたし、自分自身もそれに意義を求めていて、ただの単に祭りの金集めをするのは嫌だったのかもしれない。まあ実態は金集めではあったが、新しいことをするということに抵抗がなくなったのはこの経験が大きく影響しているのかもしれない。

協賛店回りの営業をしているときに、気づいたことがあった。永年店を営んでいる一見保守的に見える店主ほど新しいことに協力的で、逆に横文字の新しい店ほど逆に懐疑的であったということだ。これは自分でも意外だったが、今思えば長い歴史を持つ店ほど、一見変わらないように見えて、実は時代の変化により変わり続けてきて、逆に新しい店は自己が確立していないため、店のイメージを左右するような事柄には消極的だったと分析できるのかもしれない。

これらは老舗と呼ばれる創業から何百年も経つ会社や店舗、そして人間にも当てはまることで、全然変わらないねというものほど日々変わらないための努力と他人に悟らせないほどのわずかな変化を繰り返していることが多い。実際、イベントに非協力的だった新しい店はそれからしばらくしてつぶれてしまった。みんなはハロウィンの呪いだと冗談を言っていたが、今思えば僕自身の説明不足もあったのかもしれない。

一部ではそんなこともありながらも、僕個人でいえば、その時のつながりで次の転職先とのつながりもできたし、何よりよそ者の僕にとって、その街のほとんどの店やそこで働く人たちと顔見知りになれたことはとても大きかった。むしろ生まれ故郷よりも、格段に知り合いの数は多かったし、それに伴い遊ぶ場所も増えた。

今考えても金のない若いとき、あれだけ毎晩飲み歩けていたことが不思議でしょうがない。周りの大人たちは当然ぼくより年上だったので、実際金を払った記憶がほとんどないのだ。今考えればあの時代は不思議な時代だった。好景気と言われているが逆に言えば人間の価値が金を上回っていた時代といえるのかもしれない。（今はどうだろう？）当時、街を歩けば知り合いとすれ違い笑顔で挨拶をして、時には店先で世間話をしたり、時には街の中にあったＦＭ局のサテライトスタジオで知り合いのパーソナリティに呼び止められ、電波を通じてそのまま雑談したりするのが日常だった。そのＦＭ局自体もイベントの実行委員をやっていたので、遊びながらそのままイベントの告知もやっていたという今考えればフランクすぎて信じられないような状況だった。

しかし、同時に顔が売れることはいいことばかりではない。イベントの実施エリア自体が地方都市の繁華街を含んでいたため、当然強面《こわもて》のお兄さんたちもそこにはいて、若い僕が街を歩いていると、たまにそういう人たちから声を掛けられて困ったことがあった。しかしトラブルになることは稀で、絡んでは来るもののイベントには興味津々の様子で、僕も意を決して、いつも街角に立っている「地回り」とよばれるお兄さんと話し込んだことがある。しばらく黙ってぼくの説明を聞いていて、途中で大きく「わかった」とうなずくと、懐に手を入れ札入れから一万円を数枚取り出してぼくの手に押し付けた。僕はすぐに断ったが、今度は逆に怒り出してしまい、それをなだめるのに骨が折れた。

次の日に協賛で渡していたかぼちゃのキャラクターがデザインされたバッジを持ってゆくと、照れながらもバッジを胸につけてくれた。それからはまるで僕の用心棒のように、僕が通りかかると手を挙げて「困ったことがあったら言ってこい」と満面の笑みで見送ってくれた。それが、彼らなりの協力の姿勢だったのかもしれない。

実際、そのころ店舗によってはみかじめ料を払っていたところも多く、彼らからすれば僕が断りもなく商売をしているように写っていたのかもしれない。僕は運がよかったのかもしれないが、人間同士、真摯《しんし》に話し合うことで解決できることはいくらでもあるとその時学んだ気がする。その後も、若い衆にもつけさせるからもっとバッジが欲しいと頼まれ、仕方なく特別協賛という形で協賛金をもらって、バッチを渡した。

エリアは違うが、事務所に協賛のステッカーを貼って、もちろんバッジを付けた人に対しては何かサービスをするという話を聞いた。それがどんなサービスなのか、そもそも行く勇気のある人はいるのかは怖くて聞けなかったが、どんな立場でもその街で生きている人たちで前向きなものならばどんなサービスでも構わない気がする。どんな人にだってそれぞれ人のために出来ることは必ずあるはずだ。後で聞いた話では、事務所の前で若い衆が仮装して、近所の子供たちにお菓子を配ったそうだ。

何やら可笑しいやら心が温かくなる話だった。それが理由かどうかはわからないが、繁華街を歩いていても僕に文句を言うような人はいなくなり、代わりに強面の人たちも可愛いかぼちゃバッジを自慢げにつけていたので、立場は関係なく街のみんなが前向きに取り組んでくれていたなによりの証拠だった。

当時は今よりも様々な立場を超えて、町の住民同士密接につながっていたし、やみくもに何かを排除するようなことはなかった。今でも思い出すのは、ホームレスの老人に声を掛けられて、話をしていると意外にも海外在住経験があり、僕なんかよりもよほどハロウィンのことに詳しかった。僕がバッジを渡すと、嬉しそうに胸につけていたことが目に焼き付いている。それから、その老人の身なりも少しきれいになって、いままで一週間おきだった入浴も最近は三日に一度にしたと抜けた歯を見せて笑っていた。

十月三十一日当日、僕自身も当時日本で始まったばかりのミュージカル『キャッツ』の扮装をして、仮装大会のステージに立った。その時も同じような猫の扮装をした人たちとその場で知り合い、大人数で一緒にステージに立ち、その後もそのままの格好で協賛店回りをした。自分が声掛けした店舗は出来るだけ多くの店を回りたかったが、店毎に様々なサービスが待ち受けていて、数店舗回ってすでに満腹になり、最後は千鳥足でフラフラになりながら朝方まで飲み明かしていたような気がする。

事務所で仮眠をとって、化粧を落とし、作業着に着替えて、あらかじめ決めていた街の清掃に向かった。その時も思いもよらず予定していた人数の数倍の人が集まり、用意していたゴミ袋や塵取りが足りなくなるくらいだった。ゴミを拾っていると、祭りの後の切なさが一気にこみあげてきたが、虚脱感とともに言い知れぬ充足感と程よい疲労感が二日酔い気味の僕を包み込んでいた。

あれから随分時は流れて、今オフィスビルにあるカフェの窓越しに、通りを眺めている。目の前を若い母親の集団と仮装した子供たちが奇声を上げながら通り過ぎてゆく。スーツを着たサラリーマンが迷惑そうな顔でそれをよけている。一部ではクリスマスやバレンタイン、そしてハロウィンなど外国の風習をまねる日本人は滑稽などという風潮もあり、そのバカ騒ぎは問題視されていたりするが、理屈はいい、年に数回はそんな日があってもいいんじゃないかな。

イベント自体には意味はないのかもしれないけど、何でもいい、参加することに意義があるんだ。それに人が楽しむ事に意味って必要なのかな？　アンチな人達もやみくもに目を細めないで、一度やってみなよ。それでも嫌だったらあなたにイベントは必要ないということ。でもイベントのない人生なんてつまらないだろ。僕もあの時、確かにあの瞬間は、確かに仮装することによって人とのつながりは感じたんだ。今は希薄になったものたちが確かにそこにはあった。

パソコンを閉じて、あの頃の事を思い出している。今はまるでオバケにばかされたようにも思える。たまにその街に立ち寄っても、通りは表情を変え、全く違う惑星の出来事のようだ。しかし、あの経験は、いわば宝物のように胸に残っている。僕の原点という、確かにあった一夜限りの奇跡。僕だけのハロウィン。

青い光

祭りは瞬間を楽しむものだ。そして跡形もなく消えてしまうもの。「詠み人知らず」それは誰がはじめて誰がためでも主役は参加する人たち。人々の曖昧な記憶として心象にだけ存在する幻。

僕はその祭りに携わる仕事をしていながら、未だにその祭りの定義がわからないでいる。

二十代の頃、地方都市の海浜エリアでのクリスマス装飾の依頼が地元の広告代理店から僕の会社に来た。その頃の僕は業界に入って数年が経ち、何本かの大きなイベントの企画にも携わって、今考えれば寝る間も惜しんで仕事をするほど、その面白さにはまっている時期だった。

仕事に没頭するあまり、当時付き合っていた恋人とも会う機会が少なくなって、たまに時間があいたときにお茶をする程度の逢瀬が続いていた。久しぶりのデートの最中も僕は上の空で、今抱えている案件のアイディアばかりが頭の中を占領していた。「ねえ、聞いてる？」と彼女から何度も諌められるのが正直言えば煩わしかった。そんな時、彼女から今年のクリスマスの予定を聞かれて「たぶん仕事」とそっけなく答えた。その時僕にとっては普通の日常に過ぎなかったが、彼女のあきれたような悲しい苦笑いの映像をいまだに覚えている。その日以来、僕は彼女と会うことはなかった。別れの瞬間もわからないまま、彼女は街の風景に溶けていった。そう、僕は失恋した。

それからというもの、楽しいはずのクリスマスの企画を考えていても、到底世間のカップルのために考えられる筈もなく、おざなりなフラッシュアイディアばかりが増えていった。容赦なく時間だけが過ぎてゆく。とうとう、先方へのプレゼン日が数日に迫ってしまった。一通りまとめたプレゼン資料に目を通していたとき、ふいに何かが下りてきた。クリスマスは何もカップルだけのものではないと。実際は失恋した僕なんかは正直、きらびやかなクリスマスツリーなんかは見たくもなかった。

そう考えながらもう一度、企画書のページをめくり、モノクロのサンタクロースとクリスマスツリーを青いペンで塗りつぶしてみた。それは今まで見たことがない赤と緑以外のクリスマスの情景だった。

僕はおおよそ出来上がっていた企画書をシュレッダーにかけて、もう後戻りできないことを確認するとデスクに向かって「青いクリスマス」の企画を一気に書き上げた。そうして進めていたイメージパースをとめて、金と銀は残し、赤と緑のカラーをすべて青で塗り替えるよう、デザイナーに指示を出した。「本当に青でいいんですか?」デザイナーは何度も確認してきたが、僕は黙ってそれにうなずくだけだった。

問題は今までの骨子と一八〇度違う企画になったものを窓口である広告代理店の担当者が認めるかが、今回のポイントと言えた。僕は大急ぎで電飾を持つ業者にコンタクトを取り、青い光を放つ実物を見せることで一気に決してしまおうと戦略を立てた。当時、LEDなどというものは存在せず、所謂電球色のイルミネーションしか世の中には存在しなかった。確かに、青っぽいものはあるにはあったが、それは紫色に近くイメージとはかけ離れていた。

世間を騒がせた青色ダイオードが発明されたのもわずか数年前の出来事でまだまだ一般に普及するまでには数年を要するような時期だった。今でこそ、家電量販店など街のいたるところで青い光というものは見ることができるが、当時はそのほとんどが電球色、最終的にその電球に一つずつ手作業で、青いゴムのカバーをかぶせて「青い光」を作り出した。事前に電飾メーカーが塗装したものなどサンプルを用意していたが、それは単に暗くなるだけで青い光にはならなかった。まさに手探りでの、苦肉の策だったといえる。

いまでも、いまのLEDとは比べ物にならないほど、薄暗くぼんやりとブルーに光る電飾が点灯した時の感動を覚えている。それは、クリスマスのギラギラと満艦飾なイルミネーションとは異なり、薄暗くぼんやり青く灯るその光は、まさに優しく失恋した僕を包み込むには十分な光だった。僕はこの光を見て、このイベントの成功を確信した。

青い電飾を受け取った足で僕は広告代理店に出向き、担当者にあった。大きな会議室に通された僕は「説明の前にまず、これを見てください」とテーブルに青い電飾を置き、会議室の電気を消して、電飾のコンセントを差し込んだ。担当者はしばらく、無言のまま、青い光を見つめて「いいね！」と一言だけつぶやいた。それから、僕は資料を取り出して担当者に向かって無我夢中でプレゼンした。黙って僕の説明を聞いていた担当者は、内線電話で広告デザインの担当者を呼び、先ほどと同じようにまず電気を消すことから始めた。電気をつけるとデザインの担当者は半ばあきれた顔をしながら「今進めているのを止めろってこと？」と力なくつぶやいてため息をついた。

それから、今度は二人がかりでデザイナーを説得、不承不承といった斜に構えたデザイナーも新しい青いクリスマスのアイディアが浮かんできた様子で、すぐにアシスタントやスタッフを呼んで、日付が変わるまでブレインストーミングを行った。僕はこのとき、その光景が涙が出るほどうれしかった。僕はこのイベントに命を懸けようとすら思った。

それから、広告代理店とタッグを組んだプレゼンは時間がない中ギリギリで企画書もまとまり、ほとんど切り貼りと手書きの世界で、企画書のクオリティとしては最低ランクだったが、それにより手作りの暖かさが伝わり、僕らが意図していた「失恋した人もひとりで行ける優しいクリスマス」という切り口は先方に絶賛された。

企画は決まったがあとはそれを実施しなければならない。僕は身の引き締まる思いで、昼夜を問わず制作業務に没頭し、現場当日まで寝る間も惜しんで働いていた。

そんなこともあり、肝心かなめの設営日当日、僕は風邪をひいてしまい熱を出したフラフラの体でなんとか現場に向かっていた。季節は十一月に入り、ただでさえ寒さが体にこたえる時期だったが、発熱している僕にとってはまさに命がけの現場だった。ちょっとした風がふいても、まるで体を突き抜けるような痛みや悪寒《おかん》に襲われ、立っていられないほどだった。それでも何とか設営を終えるまで頑張ることができたのも、僕のわがままを聞いて奮闘してくれたスタッフの存在が大きかったと思う。

最終確認が終わると、文字通り僕は崩れ落ちた。スタッフに両腕を抱えられたまま、施設の医務室に連れていかれ、熱を計ると体温計は三十九度を指していた。そのまま近くの病院へ連れていかれ、点滴と抗生物質を投与されしばらく横になっていたと思う。しかし、ここで寝ているわけにはいかなかった。数時間後にはオープニングセレモニーが始まる。ディレクターは同じ会社の人間に頼んだが、担当者の僕が現場にいないわけにもいかない。医者に止められながらも、おぼつかない足で現場に向かったことを覚えている。

コンビニで強壮剤のドリンクを一気飲みして、集合場所に向かうと事態を知っているスタッフが「大丈夫？」と駆け寄ってきた。今思っても本当にしんどかったが、反面、目の前には男の花道ともいうべき領域が広がっているような気がして気分は逆に高揚していたと思う。

イベントやスポーツなどの場合、このような一人ひとりの人間の思いが一番大切で、周りのスタッフからも笑顔が消え、いつもよりも気合の入った運営が始まった。ぼくも用意されたステージ脇の音響ブースに腰かけ、悪寒にさいなまれながらも、素晴らしいオープニングを迎えることができた。

客入れが始まりしばらくすると、とうとう自分の電池切れを感じて、椅子に座っているだけでもしんどくなってきた。周りのスタッフに促され、空調の効いた商業施設内で休むよう言われ向かっていたが、どうしても僕は施設に入ろうと思えなかった。それは僕らはあくまで黒子だからだ。着ぐるみでもよく、マスクを脱いで休憩しているシーンを見ることがあるが、当時の僕らにとってはそれは絶対にありえない話だった。それはいわば、遊びの人間だからこそ命がけで守らなければならないラインだったと思う。

僕は施設に入らず、目立たないように施設の外階段の陰に体を横たえ、青い光に包まれる街路樹をもうろうとした意識で見ていた。多くのカップルが笑顔で行き交う中、一人の老人が青い光を微笑みながら見上げていた。僕はその老人から目が離せなくなり、ずっと眺めていると、老人の顔に青い光が反射していた。まるで顔自体に電飾がついているように見えた。さらに良くみると老人は微笑みながら、涙を流していたんだ。涙に青い電飾が映り込み、顔が青く輝いているように見えた。僕は悪寒に震える体をきつく両手で押さえながら、嗚咽を出していた。

僕の失恋から始まった「ブルーライトクリスマス」は今年で開催二十年を超えたと聞いた。

「君にこの青い光は届いただろうか?」消えそうにぼんやり灯る僕の青い光が。

戯曲的憂鬱《ぎきょくてきゆううつ》な改革より「あの海１９８６」

あの日、砂浜には一本の線路が伸びていた。

今ではバイパスに分断された砂浜、鉄の囲いに仕切られた線路。

姿が見えないまま、音だけが当時のままで通り過ぎる列車、分断された記憶。

あの頃、走った海沿いの旧道も袋小路のデッドエンド。

その向こうには小綺麗なキャンプ場が見えた。

車の通ることのないどん詰まりの旧道は、ひび割れたアスファルトの間から雑草が顔を出すワールドエンド（世界の終わり）。

あたりが暗くなり、乾いたアスファルトを雨粒が黒く染めてゆく。

来なけりゃよかったとバイクを止めて、昔のバス停あたりの生ぬるくしめった地面に構わず座った。

防風林の松林はそのままで、背中越しに海の気配を感じた。

目を閉じると自分だけの風景が広がって、砂のパウダートーンにかすむ彼方にいつかの夏が浮かんだ。

あの日、通り雨の国道を共犯者のように僕たちはどこまでも歩いた。たどり着いた砂浜は生温かい。ジャケットを二人でかぶって、世界が逆さに映った雨粒のレンズ越しに海を見ていた。

彼女の濡れたシャツ越しの華奢な腕に体温を感じた。

雨が止んで、濡れた煙草を砂浜に並べた。湿気たマッチで生き残りの煙草をふかす。

漂流物の欠片を船に見立てて大海原に流した。ただそれだけ。

国道沿いのアパートのベランダから飛んだ洗濯物がトラックにひかれる様を笑い合ったあの日。

朝日が照らし出す逆光のやさしいシルエット、僕は永遠を信じた。

与えるものもなく、かといって奪うものさえもない自由な日々よ。

首筋から雨が伝う、追憶までも分断するように。ジャケットの襟を立てると、ふと左腕に熱が蘇る。しばらく、夏の雨に打たれながらぬくもりを感じていた。

デッドエンドとワールドエンド、これで思い出もジエンド。

さらば夏の日。

〈父鬼《ふき》〉からの歳月
――発刊に寄せて　自児自賛《じごじさん》の弁

南　邦和

父　鬼

達也よ
「泣いた赤鬼」という話の好きなおまえに
父は　好んで〈鬼〉の話をしたものだ
父の話に出てくる〈鬼〉は
ウンコやオナラを連発する下品な〈鬼〉
時には酔眼朦朧　宿酔いとなり反吐を吐き
しっかりものの女房にとっちめられる
たあいない庶民の〈鬼〉であった

おまえの内部で目覚めた〈鬼〉は

どうやら　すくすくと成長したらしい
この〈鬼〉はやたらに向う意気が強く
おっちょこちょいだが　涙もろく
反面　思いやりにあふれた優しい〈鬼〉
そうだ　正真正銘の江戸っ子のような
この〈鬼〉のただひとつのアキレス腱は
遊び好きの　勉強ぎらい……。

ある宵のこと
ほろ酔い機嫌で　わが家へ帰り
たわむれに　こそ泥の姿勢で
カーテンの隙間から室内を窺っていると
若やいだ母を中心にした団欒の図があり
おまえたちのさんざめきが洩れてきた
その時　ふと　父は自分自身が
〈鬼〉そのものになったことを知った。

父とは　常に　はみだした存在なのだ
達也よ　いまおまえの内側で
はしゃぎまわっている無邪気な〈鬼〉が
無精ひげを生やし　煙草の脂に親しみ
狂気の雄猫となってかけまわり　やがて
子をもつひとりの親となる　その時
おまえは　父親という名のもう一匹の
〈鬼〉の孤独にはじめて気付くだろう。

乙木草士《ヲトギソウシ》は私の次男である。冒頭に掲げた一編は週刊ポスト（昭和五十九年四月十三日号）の連載「男の詩〈昭和詩の万葉びと〉」に、いまは亡き詩人秋原秀夫の解説入りで掲載された描詩であるが、「達也よ」の呼びかけで始まるこの作品の〝主人公〟がソウシである。「遊び好きの　勉強ぎらい」〈鬼〉の親子に擬したやや自嘲の響きをもつフレーズの中に、ソウシの〝少年期〟がうつし絵のように描写されている。

あれから四十年近い月日が流れ、いまそのソウシの初めての〝仕事〟が世に出ようとしている。ソウシがモノカキ志望であることを知ったのは、つい最近のことである。それもまったく唐突に、姉である美樹（長女）の持参した角封筒の中身がどうやら彼の〝処女作〟らしいことを認識させられたのである。「80ｓゴースト――昭和単車乗残侠伝」がそれである。予期しなかった〝事件〟にのけぞると同時に、ソウシの異才にはじめて気付いた。

それからは、矢継ぎ早やの電報のように〈詩〉や〈エッセイ〉が美樹経由で私の手元に送りつけられてきた。（メールという便利な手段があるらしい）それは日付入りの「日録」風なおびただしい作品群で、性急なカミングアウトの自覚からの告白的な自伝にも見えた。しばらくたって、このパラノイア的ともいえる多作の正体が、ソウシの内面的葛藤に発していることを知った。この一冊はいわばソウシにとってのカタルシス効果としての産物でもある。

ソウシは、〝次男坊〟の特権のすべてを背負って、これまでの半生を歩んで来ている。長男夏樹のやや冷徹な〝学究型〟に対して、多情多恨の〝無頼派〟がソウシであり、その一方で傷つきやすいシャイな性癖を持つ男である。そしてこの二人の息子たちは見事に父親である私自身の分裂した二つの性分を受け継いでいる。私にはソウシの作品の中に埋め込まれた喜怒哀楽の旋律が手にとるように伝わってくるのである。

その意味では、〝父親〟という立場を放棄した最初の読者でもある。彼の波瀾の「青春譜」は、私の知らない八〇年代の若者の〈自白調書〉として読める時代的リアリティを持っている。「可愛いい子には旅させろ」の古諺のとおり、ソウシは私に無縁の〝荒野〟をさまよって来たに違いない。ヤンチャ坊主としてしか見ていなかったソウシの内部のラビリンス（迷路）を覗きながら、これはタダモノではない……と、私はオドロキを隠せない。

ハードボイルド風なその文体やスピード感（特にメカに関するカタカナ表記）には、正直ついていけない面も多々あるのだが、その一方で遺伝的な資質を通じての暗黙の共鳴、共感の部分も少なくない。この一冊は、いわば室内楽規模のわが〝南一家〟のファミリーコンサートの趣きでいささか面映さを覚えるが、出版に当たっては姉である美樹（装幀・カット提供）の全面的なバックアップと母久子の深い理解があったことも付記しておく。

オンリーイエスタデイ、80年代の正体
——あとがきにかえて

乙木　草士

八〇年代が言わば青春時代だった僕は、現在メディアに出ている当時の時代像に関して非常に違和感を持つことが多い。現にバブルの一言で片づけられる事が多く、ファッション感覚にしても、カッコイイという声はほとんど聞こえず、逆にダサい時代の代名詞のような印象さえ持ってしまう。以前は、特に拘っていたわけではないが、正直ここまで悪評が定番化してしまうと、どうしても反論してしまいたくなる。ましてや、自分の生きた時代を悪く言われることは我慢できないのかもしれない。

否定されてしまう原因を探してみると、反対意見を言っている人間のほとんどはその時代を知らない世代であったり、知っていてもそのバブルとやらで痛い目にあった人達の反省の裏返しのような気がしてならない。現に周りの同世代の人達に話を聞いても、昔は良かったという話が大多数だし、僕自身、八〇年代と今どちらが良い時代かと問われれば例外なく前

者を選ぶだろう。

僕が知らない世代であっても、オールディーズと呼ばれる一九五〇年代やロウリング20sと呼ばれた一九二〇年代には、知らない分、逆に憧れさえ抱いてしまう。それなのになぜ八〇年代のみが、まるで敵のように言われるのかは押しなべてバブルが原因だと思われるが、「リア充」とよばれるネット住民の言葉に代表されるようにリアルな世界での充実を妬むような言葉が流行るような現代の歪んだ時代性と言えるのかもしれない。

正直、僕自身はそんな感情を持ち合わせていないし、仮に他人をうらやましがってもそれが何になるというのだ。リアルな現実を充実させるのは生きるうえで当たり前の話で自分より豊かな生活をしている人間をみたら、自分も努力してそうなりたいと思えば良い話で、自分の努力不足を棚に上げて人の幸せを妬む等、一体どういう神経をしているのかとさえ思う。

本人達は現代社会の閉塞感を根拠にそう言っているのかもしれないが、こうして毎日何かしら食えていて、ほとんどの人が生命の危機を感じることがないような我が国の平和な状況において一言「甘ったれるな！」と叱り飛ばしたくなる。こんなことを言うと今度は「ドキュン」と呼ばれてしまうのだろうが。こんな言葉は説明もしたくない。正直、付き合いきれない。

話を戻そう、バブルと言えば一九二〇年代、世界恐慌前のアメリカもバブルそのものだった。フィッツジェラルドの小説『華麗なるギャツビー』がその頃の風情を表していると言われているが、アールデコ様式の壮大な屋敷で夜な夜なセレブ達がパーティーという名の乱痴気騒ぎをしている情景が出てくる。これなんかは僕が経験したナイトライフで、当時のディスコなんかもギャッツビーに比較するまでもなく随分庶民的ではあるが、それはそれで華やかな社交場だった。当時僕が学生時代を過ごした片田舎ですら、数軒のディスコがあって、何時行っても満員御礼なほど、賑わっていた。僕らはお洒落をしてそこへ通っていたわけだが、行き始めのころはお洒落がわからず、自分なりに考えた格好で向かったところ入店拒否にあった。実際、一部のディスコでは暴走族のたまり場になっており、色々なトラブルがあったために出来た規則だと思うが、それ風の格好やサングラスをしているだけで店には入れなかった。

当時、僕もお洒落の事はあまりわからなかったが、それをきっかけにお洒落な格好に目覚めたと言っても過言ではなかった。動機はただ女の子にモテたかったのかもしれないが、それだけではなく付き合いのなかった同級生に着ている服をどこで買ったのか聞いたり、誤解されそうだが街でお洒落な人を見つけると声をかけてそこから友達になった例もある。

確かに弊害としてはそっち方面の趣味を持つ人からまとわり付かれたこともあるが、ファッションセンスにおいては所謂ゲイと呼ばれる人たちは高感度で実際ナイトシーンを牽引していたのも彼らだった。そういう意味ではもっともリベラルな時代が八〇年代だったのかもしれない。

このように無知だった僕の世界観が飛躍的に広がったのは当時の社交場であるディスコのおかげかもしれない。これは現代のクラブと呼ばれるニッチな趣向を打ち出して予め来店者を選別するスタイルとは真逆の大箱が主流だったため、本当に色々な層や年代と交流が持てた。小箱中心である現在のクラブシーンにおいては小型化、細分化している分、その後の発展性は見込めないのかもしれない。僕の印象としてはこれがまだ両方存在していた八〇年代後半から九〇年代初頭バブルがはじけてしまうまでがやはり若者文化の成熟に関してのピークと言わざるを得ないだろう。

また八〇年代後半から問題のバブル崩壊が始まった訳だが、ギャッツビーが生きた時代のすぐ後に世界恐慌というバブル崩壊が起きている。その頃の歴史を見てみると、金融危機に焦った金持ちが底値をついた株式から撤退し、現物と言われる金や土地なんかに資産を移動させて更に土地バブルを生み出している。これは最近のリーマンショックに至るサブプライムローンの過程を見ていれば、まるで歴史をそのままトレースしているようにしか見えない。

そもそも八〇年代がバブルと言われているが、そういった意味では今現在の方がよほどバブルではないだろうか。アメリカでは四百人の金持ちが持つ資産と残り数億人の資産の額が同じだという信じられないデータも出ているほどだ。実際この比率だとよく言われている一％どころの話ではなくなる。現に一台数千万から数億円と言われる高級スポーツカーのメーカー等は毎年、増収増益を続けているという。

この格差についてもデータを取ったアメリカの経済学者の話では、世界恐慌以前の一九二〇年代、所謂ギャッツビーの時代と現在の格差の値が同じく極端な幅を示しているというのだ。これは吊橋状のグラフをイメージしてもらえば分かり易いが、吊り橋のポールのピークから次のつり橋のピークに向かってUの字を描いているとイメージしてほしい。この場合、格差がもっともあった一九二〇年代と現在二〇一〇年代がてっぺんにあたる。それでは底辺である格差が一番少なかった時代がどこかと言えば一九八〇年代という調査結果だった。

確かにその時代は日本でも一億総中流という言葉があったように世界的に見ても、中流層と呼ばれる購買層が一番多かった時代だ。ご存じのように中流層が経済において即ち一番の購買層で、言い換えれば経済を支えているのはこの中流層をおいて他にはない。あまり知られていないがその安定を破壊したのが、当時大企業への規制緩和を実施したレーガン政権と言われている。

政治の世界では「格差是正」という言葉がよく出てくるが、実際やっている事はグローバリズムやTPPをはじめとする一部の経済層が潤うような真逆の施策ばかりを実行している。これらは明らかな民衆への背信行為で、分かり易く言えば政治の大ウソである。本気で格差の是正を唱えるのであれば、消費税の増税ではなく、一部の金持ちへの増税をするのが当たり前の話だ。現状を致し方ない現在の世界情勢だと百歩譲ったとしても、もはや政治さえも多国籍企業の株主主体になっているという現実が浮き彫りになってくる。

そもそも「格差是正」と言うのであれば本来一番お手本にしなくてはならない時代は、データでも出ているように格差が最も少なかった「一九八〇年代」をおいて他にはない。にもかかわらず、この時代を言わばバッシングしているマスコミを見ていると、何か政治的な意図でもあるのかと勘繰ってしまいたくなる。確かに時代が一九八〇年代の格差が一番少なかった時代に戻って一番困るのは、現代の多国籍企業のオーナーや株主たち一部の金持ちに他ならない。それでも彼らが使いきれない金をかき集める理由はわからないが、それは恐怖心であろうと想像できる。この「恐怖心」というものがいつでも戦争への温床だった。先ほどの吊り橋型のデータに戻ると、事実一九二〇年代、ピークを過ぎると世界恐慌が起こり、間もなくヨーロッパで大戦が勃発した。さらに戦争の猛威は世界を巻き込んだ第二次大戦に飛び火し、泥沼と言われたベトナム戦争終結までそれは続いていった。しかし初の世界大戦と呼ばれる第一次大戦が一九二〇年代のバブルを生み出す温床になっていたとは皮肉な話である。

僕自身の実体験においてもベトナム戦争の影を吹き飛ばしたのが、八〇年代における底抜けの陽気さやロマンだったような気がしてならない。僕が八〇年代に拘るのもこれが理由なのかもしれない。もし現在の格差が吊り橋のもう片方のピークと考えるのであれば、もはや末期化した世界経済を立て直すためには過去の歴史に証明されているようにこれから複数の大戦があるのだろうか。次に訪れる、言わば平和な時代までその戦争という名の経済再生は続いてゆくのかもしれない。僕らと同じような青春を送れる次の世代ははたして出てくるのであろうか。

「だから思い出さないかあの頃を、オンリーイエスタディ、エイティーズを」

二〇十六（昭和91）年十二月、風だらけの街より

A very Merry Xmas And a happy New Year

ジョン・レノン&オノ・ヨーコ「Happy Xmas(War Is Over)」より

[著者略歴]

乙木　草士（ヲトギ ソウシ）

1968年宮崎市生まれ。横浜市在住

80sゴースト！

二〇一六年十二月十七日　初版印刷
二〇一六年十二月二十五日　初版発行

著　者　乙木草士©
発行者　川口敦己
発行所　鉱　脈　社
〒八八〇‐八五五一
宮崎県宮崎市田代町二六三番地
電話　〇九八五‐二五‐一七五八
印刷所　有限会社　鉱　脈　社
製本所　日宝綜合製本株式会社